見鬼
之
校園鬼話3
讀品
文化

見鬼之校園鬼話3

目錄

第一帖

化工教室的傳言

許南茜特意打扮得美美地，一大早就到某高工學校大門口等人。
許多路過的同學，包括女生，全都對她多看一眼。
看的出來，男生是欣賞，女生呢，好像嫉妒大於欣賞。
許南茜心裡有些得意，她也知道自己有本錢，經過刻意裝扮當然更不同凡響。
遠遠的，一群男生從校內走出來，當中一位男生宛如鶴立雞群，特別吸人眼光。
許南茜眼睛一亮，用力揮手，喊道：
「嗨！黃立斯！」
這群男生眼光，一起聚焦過來，好像有人說話調侃吧，大夥忽然狂笑起來。
黃立斯舉止不自然的走向許南茜。
「妳怎麼來了？」
「咦？不是早說好了，開學日我會來找你嗎？」
「呃！是。」黃立斯這才想起，不過還是有意見，他上下打量著她：「可是，妳幹嘛化妝？還穿成這樣？」
「什麼？」許南茜漂亮臉蛋上，一副錯愕表情。
耶！今天用心打扮，就希望他稱讚幾句，不料……
就在這時，那群男生走近，紛紛向許南茜多看一眼，有的竊笑、有的拍拍黃

第一帖

化工教室的傳言

立斯肩胛、有的朝他擠眉弄眼，弄得黃立斯好不尷尬，一張帥氣、白皙的俊臉，都紅透了。

反倒是許南茜大方地微笑，向他們一一頷首。

「唉唷，才子佳人唷！」走在最後面的瘦小男生，一挑眉說。

黃立斯伸手要打他，他一跳跳向前，跟著大夥走了。

好半天，黃立斯都不說話。許南茜也有點不高興，但還是忍下來了，問：

「現在呢？我們去哪？」

原本打算跟大夥聚餐、喝飲料，現在……黃立斯俊臉無笑容，雙肩一聳。

「你怎麼了？不高興我來？」

「我不是早跟妳說過，來找我就不要化妝？」

他的話像一盆冷水，澆的許南茜一顆熱切的心瞬間冷卻。

她描繪細緻的彎月眉，聚攏起來：

「哼！我知道，你學校裡有許多女生把你當偶像對不對？」

「說些什麼？妳沒看到？剛剛還被他們虧了。」

「我認為他們嫉妒你有這麼漂亮的女朋友。」許南茜搔首弄姿一番，故意說。

黃立斯個性有些內向，不喜歡成為眾人的焦點，所以今天讓他很不高興。

許南茜知道他很優秀，所以一直擔心有其他女生對他有意，也曾經一再提起此事，還隨時緊迫盯人，今天分明是故意裝扮一番，到他學校露面。

對於許南茜這種心態，黃立斯心知肚明，可是也引起他很大反彈，認為她不信任他，不信任就表示不尊重呀！兩個人就這樣愈說愈不投機，最後甚至吵了起來。

不過事件早有導火線，今天剛好爆發。結果，兩人不歡而散。

☠

開學第一週，就有化工實驗課程。

下午第二節下課，同學們抱著書本三三兩兩往化工實驗教室而去。

林超奐忽然跑向前，一把拉住黃立斯手肘，黃立斯轉頭側看他一眼，眼裡盡是問號。

「嘻嘻……」林超奐露出怪笑。

聽這詭詭笑聲就可以揣測他不安好心，黃立斯不理他，逕自跨大步前行。

林超奐也跟上步伐，低聲說：

「是怎樣啦？女朋友漂亮，就可以這麼跩？」

「你又看到了？」

舉高手，林超奐手掌打著轉：

「沒、沒、沒！但是八卦傳得沸沸騰騰。」

第一帖

化工教室的傳言

早知會有這種後果，黃立斯閉閉眼，一臉無奈樣。

「哼！真是人在福中不知福。你看我，就是找不到大美女女友。」

前面走廊要轉彎，兩人速度慢了下來，旁邊另一位同學竄上來：

「什麼大美女？在哪？介紹一下。」是瘦小的陳國樑。

「呃！國家棟梁。」林超奐道：「你那天不是看到超級美女，還上了妝。」

黃立斯生氣的左甩、右閃，閃過兩人的糾纏，自顧向前一大步走了。

兩個人在他後面嘀咕，故意談起開學日所見。男生嘛，嘴賤，喜歡說些八卦、喜歡虧人的話語。

「不要再說了，都是你們，我跟她吵架了。也許會……」說到一半，黃立斯頓住底下的話。

「唉呀！干我們什麼事？」林超奐訝道。

「啊！我猜猜看……是她纏著你？」陳國樑趕上黃立斯，誇張的接口說：「女生呀，尤其是漂亮的女生，就喜歡纏人。我有一招，可以擺脫她，馬上！」

「嘿，老兄！你不要的話，拜託介紹給我。」林超奐很快說。

陳國樑猛力搖手、晃腦：

「你這副德性……放心！她絕對看不上你！」

「你倆有完沒完？真是無聊。」黃立斯揚聲說。

兩人果真靜默下來，再彎過走廊，前面不遠就是化工實驗教室。教室處於偏僻之處，雖然是下午三點多，因為走廊外的大王椰子樹遮蔽了陽光，看來有些陰暗。

耐不住沉默，陳國樑伸手指著前面教室，開口說：

「喂，說真的，我有聽到個傳言，很可怕！」

其他兩人、四隻眼睛望向陳國樑，同時停住腳。

「一位三年級學長偷偷跟我說的。」陳國樑壓低聲音，神祕兮兮的樣子，

「跟實驗教室有關對不對？」林超奐接口問。

黃立斯大眼望住林超奐，陳國樑點頭，反問：「你也知道？」

「嗯！我聽說過，但不是很清楚。」

「說啊！是什麼傳言？」黃立斯催促道。

「還是不要說吧，」林超奐愈說愈低聲：「我們現在正要去上課，說這個不太好吧？」

「哈哈……你怕了？拜託，都是幾年前的事件了，膽子這麼小？真是遜咖！」

陳國樑笑了。

「你不說沒事，要是說了，它找上你，我問你，你會怕嗎？」

「那就叫它來找我！」黃立斯突然脫口而出：「什麼傳言，可以說了吧？」

第一帖

化工教室的傳言

「唉唷唷，人家說『藝高膽大』，我看你是『人高膽大』。長高些果然有用。」

「無關身高好嗎？我有撇步。」黃立斯有恃無恐地催促道：「有屁快放啦！」

「各位同學，我們根據上次課業所講解的今天就做個簡單的實驗。」化工老師章榮志看一下手錶：「現在有五分鐘時間，有問題的可以提出來。」

同學們靜默了好一會，林超奐舉手：

「老師，過氧化氫＋丙酮，合成後會等於？」

「我上次不是有抄程式給你們嗎？」

「對不起，我漏掉了。」林超奐搔著後腦笑道：「因為別班同學在問。」

章榮志頷首：

「過氧化氫和丙酮合成，會形成過氧化丙酮的物質，這種物質由三個碳原子、兩個氧原子、六個氫原子組成。很簡單的物質，但爆炸威力很驚人。據說在英國的恐怖攻擊事件中，曾被使用過……你問這個幹嘛？你們聽聽就好，不要胡亂告訴別人。」

同學們有的默然、有的點頭，章榮志又接口：

「另外，我要特別聲明，鉻酸鉀與二鉻酸鉀屬於有毒化學物質已被列管。我們可以氯化亞鈷水溶液替代，希望你們不要忘記了。」

說著，他有意多看一眼林超奐。

今天的實驗，印證化學變化，經過點燃、電解、高溫、複分解，可以被分為四種基本反應類型。

陳國樑和林超奐同組，陳國樑靠近林超奐，低聲問：

「你剛幹嘛問過氧化丙酮物質的事？你可不要胡亂教導別人，是誰問你？」

「沒啦，沒事啦。我隨便問問，不然沒人發問，老章都感受不到光榮。」呵呵笑著，林超奐又說：「我這一問，給老章機會，表現博學吶。」

「真有你的。」陳國樑笑著，捶他一拳：「耍壞。」

突然間，隔鄰別組冒出一股火焰。大家都被嚇了一跳，章榮志連忙趕過去了解。

原來是黃立斯那組，實驗過程本是只有發光、發熱現象，因為他的疏忽，不小心誤加入氫離子產生了火焰。

一個小小的火焰，居然引起章榮志火大，足足罵了五分鐘：

「這很危險你知不知道？別看一個小小的火焰，加上離子濃度、溶劑、溫度效應，或催化劑很有可能引發爆炸！以前就是有同學不小心引發爆炸……這很危險的！重來！」

慘了，跟他同組的同學們很不爽，抱怨連連。黃立斯向同組同學說盡好話，並請他們準時下課，留他一個人重新做實驗就可以了。

下課時間一到，大夥都走光了，只剩下黃立斯。

既然大話都說出口，他只好硬起頭皮繼續努力了！

其實，真的是個簡單的實驗，但因為跟許南茜吵架，讓黃立斯心情盪到谷底。已經跟許南茜說過多少次，他討厭她化妝。看樣子，她根本沒把他的話聽進去，他也在想，既然個性不合，還要繼續交往下去嗎？

簡單的實驗受雜亂心情的影響，居然讓黃立斯弄到天色暗下來了還沒辦法完成。

初秋的天氣，白天陽光猛烈，晚上卻暗的快，但因為教室內的燈光相當明亮，讓黃立斯忘記該下課。

另外有一件奇怪的事，可能他也沒注意到，成績向來優秀的他為何不能把簡單的實驗搞定？

☠

終於完成實驗課業，黃立斯吐口長氣，略為收拾著，準備閃人。

「想走了？」

一旁突發的聲音，嚇了黃立斯一跳，不過，他高興的接口：

「原來還有人留下來陪我呢！」

「那是當然，我可以隨時隨地陪你。」

黃立斯這會聽出來，這聲音很陌生！

他轉頭望去……有剎那一秒間，他看到一團艷麗的紅光，但一閃即失。

這一分神之際，黃立斯有些呆愣，眨著眼無意識的問道：

「你是？」

「啊！忘了自我介紹，我姓盧，盧允凡。」

「我見過你嗎？」黃立斯攏聚一雙濃眉。

盧允凡低頭，指一下胸口名牌，黃立斯看到三年X班，還有盧允凡的名字。

點點頭，黃立斯繼續收拾，最後抓起書包，這才忽然想起：

「咦？都下課了，學長來實驗教室有事嗎？」

「呀，我看到教室還有燈光，來看看是誰這麼用功。」盧允凡露齒一笑。

黃立斯發現他笑容有點怪異，再仔細一看……原來是他的嘴角好像歪了。

「學長，我要下課了，你……」

「走走走，一起走。」

黃立斯按下燈光開關，周遭頓陷入一片暗黑。兩人一塊踏出教室，只聽盧允凡道：

「聽說你不怕鬼？」

第一帖

化工教室的傳言

嗤笑一聲，黃立斯說道：

「誰不怕鬼？大家都怕，問題是你相信有鬼嗎？」

走廊很長，陰陰幽幽地，廊外有路燈，因為大王椰子樹的長把葉，一路經過時，時亮時暗更顯得詭異。

不過，黃立斯完全沒有恐怖感覺，只聽盧允凡接口說：

「如果我說我是鬼，你會害怕嗎？」

「哈哈哈……，學長很幽默呢。」

「那，你知道所謂鬼，會有甚麼形象？例如，沒有腳、沒有影子……」

黃立斯轉頭故意看一眼盧允凡的背後……他，沒有影子！

就在他心口愣怔間盧允凡繼續往前走，黃立斯這才發現，原來剛剛他走在廊柱陰影下，當然看不見他的身影。

「其實，對於鬼的形象眾說不一，」驢允凡笑道：「像剛剛說的，你不信有鬼，就算真的遇到鬼你也不知道，也不會害怕對不對？」

這個嘛，黃立斯不知道，所以他沒回話，只聳聳肩膀。

轉個彎就是教職員教室，盧允凡又開口道：

「對了，你可不要去調查我喔！」

「調查學長？我為什麼要去調查你？」

「我只是隨便說說。」

「開什麼玩笑？學長又不是什麼大人物，幹嘛調查你？」

「嗯，哼哼，那就好。」

再走幾步，就接近前面教職員教室透出的燈光，盧允凡突兀地說道：

「啊，我走了。要記住我喔！」

為何要記住你？黃立斯這樣想著時，心中失笑的牽動雙腮，抿著嘴，回頭望去……

赫！走廊全都空空如也，根本不見半個人影。

有跑這麼快的嗎？黃立斯橫跨一步，探頭向走廊外，前、後各看一眼，真的沒看到人。

是什麼狀況呢？黃立斯輕搖頭，轉身踏入教職員教室。

之後，每當黃立斯獨處時，不管在哪裡總會遇見盧允凡，尤其是中午過後。

過了一週後，遇到盧允凡的次數更頻繁，甚至有同學在時也常會遇到盧允凡。

當時，黃立斯注意沒到這麼多，直到發生嚴重事件後，他回想後才發現這些。

這天又有實驗課，同學們三三兩兩都往實驗教室去了。

黃立斯落單走在最後面，他捧著一疊講義，低頭一邊看講義一邊向前走。

第一帖

化工教室的傳言

忽然，背後被人拍了一下，他緩緩轉回頭，看到盧允凡笑著：

「那麼認真幹嘛？就算你再努力，結果還是得重來一遍。」

「什麼東西重來一遍？」

「就……實驗啊。」

「那麼簡單的實驗，我每次都會發生誤差，真是見鬼了。」

說著這話時，黃立斯看著盧允凡。只見他瞪大雙眼，忽然眼瞳不見了，只有眼白，黃立斯睜圓雙眼，心中一跳，尚未開口，盧允凡瞬間又恢復正常。

「嘿！快告訴我，你這是怎麼辦到的？」

「辦到什麼？」盧允凡依然笑嘻嘻。

「就眼睛啊！是不是這樣？往上吊，眼瞳就可以不見？」說著，黃立斯兩眼拼命往上吊。

「我不只會這個，我還會這樣。」說著，盧允凡伸手搭在黃立雌斯肩膀，順著他臂膀往下滑。只見黃立斯肩膀以下連整隻臂膀，全都變黑褐色。

黃立斯訝異極了，直呼奇怪。盧允凡笑得更詭異，他抓住黃立斯另一隻手，往他自己胸前一抹。剎那間，黃立斯胸部、腹部的衣服全都變成黑褐色。

「這是怎麼一回事？」

「這個叫做，化學作用。虧你上課那麼認真，還沒學到皮毛呐！」

「瞎扯！老師沒教過這個好不好？」

「老師沒教的還很多。」

兩人一邊說，一邊已到達實驗教室，就在黃立斯踏進教室的時，教室驀地全暗了，就像晚上一般。這時候，明明才下午三點左右而已。

同學們紛紛大呼小叫，還有同學大聲喊：

「黃立斯，你幹嘛關燈？」

「誰在惡作劇？趕快開燈啦。」

「靠！我的燒杯倒了，小心小心，裡面化學液體流出來了。」

「喂！現在才下午三點多，第三節課而已哪可能天就黑了？」

「有鬼，有鬼啦！」

正紛亂時，幾名座位靠近門口的同學忽然往教室外面跑出去，接著有人大聲喊叫：

「啊！外面很亮呀！」

這句話才喊完，教室內頓然又恢復原先的明亮。

「有鬼！」

一位同學忽然狂吼一長聲，伸出手，大家循著他的手望去，一個黑褐色人影就站在教室前面。

第一帖

化工教室的傳言

座位靠近前面的幾位同學，迅速站起來、紛紛躲遠黑褐色人影。

還有反應快、膽子大的同學，抓起掃把由教室後直衝向前，掄起就要打……

黑褐色人影蹦地閃到一旁，舉起手大聲叫：

「不要打，是我啦！」

黑褐色人影好像變戲法般，瞬間退掉黑褐色，現出黃立斯。

整間教室忽然宛如無人之境，黃立斯到底站了多久，一世紀？或只是剎那間？沒人知道。

黃立斯拍拍手、又拍拍自己身上，轉頭向一旁的盧允凡笑著，才走到跟他同組的同學們。

呆愣好一會的同學們又疑、又不解，紛紛向黃立斯提問，對於剛剛的現象甚感不解，黃立斯笑得更得意，眾多問題他只回一句：

「這個呀，就是化學作用嘛。」

當然，有人不以為然，還想辯解，化工老師章榮志跨進教室來開始上課。

☠

放學時，陳國樑、林超奐跟著黃立斯走了一段路才上前問他，關於實驗教室那一幕到底是怎麼一回事。

黃立斯得意的說，是一位學長教他的，嚇到大家，他很抱歉。

「不過，學長也跟著進教室來就站在我身旁，你們沒看到嗎？」

兩人雙雙搖頭，說只看到他一個人。林超奐接口說：

「你最好小心一點，我看到一團黑褐色影子緊緊跟在你身後。」

黃立斯哪會相信呢，不過林超奐向來不會說謊，他的話讓黃立斯心裡毛毛的，因為他今天又把簡單的實驗搞砸了，被老師罰重來一遍。

真的被盧允凡說中。對於他的身分，黃立斯開始有疑問了！

放學回到家，一踏進家門，黃媽媽看他一眼，只皺著眉頭沒說話。

黃立斯跟平常一樣洗澡、晚餐，只是耽著心事所以吃得不多，直到鑽入房間預備做功課時，黃媽媽忽然探頭，問道：

「咦？跟著你回來的同學什麼時候走了？」

「哪有？」話說出口，黃立斯心口一冷，升起一股寒顫，忙問：「媽！同學長怎樣？」

「他就跟在你後面，我沒看清楚。」說著，黃媽媽自顧忙去了。

聞言，黃立斯立刻轉身檢視自己背後，又挪身到鏡子前，觀看背後，什麼都沒有！

他無心做功課，前思後想，想破腦袋，就是想不出原因。就在這時，房門被敲著，黃媽媽告訴黃立斯，有人找他。

這個時候會是誰呢？

黃立斯曼斯理倫的跨出房間，打開客廳門——是許南茜，她原本露出甜美笑容，卻在瞬間轉變成詫異表情。

黃立斯隨意一揮手，做出「請」手勢，許南茜探頭探腦，目光盯緊黃立斯房間。

「幹嘛？不是來找我的嗎？」黃立斯自顧落坐到沙發，淡然看她一眼。

許南茜伸出手指著他的房間，口吻訝異極了：

「他、他怎麼在你家？」

「誰？你看到誰了？」

「盧允凡！」

黃立斯差點跳起來，一張俊臉變成豬肝色，猙獰又恐怖，嚇得許南茜噤若寒蟬。

「妳什麼時候見過盧允凡？妳怎麼認識他？」

許南茜說出，傍晚放學時特意到黃立斯學校門口，就是要等他下課一起回家。同學們三三兩兩走出校園，忽然一位同學，長得特別黑，他走得很慢，卻像『飛』似的，迅速飄向許南茜而來，他歪著嘴角開口警告她：

「小心，要好好抓住黃立斯，他有意甩掉妳。」

許南茜當然不相信。那位同學還告訴她，說他早看出黃立斯的心意，不信可以去問黃立斯，同時他還自報姓盧，盧允凡！

黃立斯一顆心，無端凸跳起來。沒錯，他確實有這個意思，但是他從沒對任何人提起過啊！更詭異的是，許南茜剛剛看到盧允凡走進黃立斯的房間？怎麼可能！

兩人爭論好一會兒，黃立斯領著許南茜進他房間查看。當然，裡面沒有任何人，不要說是許南茜，連黃立斯自己都感到忐忑不安。

☠

送走許南茜，黃立斯更無心做功課，他細細回想，從實驗教室遇到盧允凡後，跟他說話的點點滴滴。

他自己承認是鬼，還說過不要調查他。

為何會遇到他呢？事情再往前推想……黃立斯更是發現有許多不對勁、怪異之處。例如：他常常無預警的出現又莫明奇妙地消失，尤其在實驗教室常出現。還有林超奐的話，他知道他向來不說謊的，現在，居然還牽扯到許南茜？可見，事情已經很複雜了，再不能放任不管。

整理一下思緒，首先得先明白「他」的來歷！

吸口冷氣，黃立斯拿起手機，傳Line給陳國樑：

「問你一件事喔。」

「OK！」

「有關實驗教室的傳言，可以再說一遍嗎？」

「嘿！老兄，你就不要為難兄弟我了吧。」

「不敢說？」

「那天不是說了。」

「沒聽仔細。」

「那、那……」

「怎樣，忘記了？還是害怕了？」

好久，陳國樑沒有回 Line，黃立斯正準備另找林超奐問問時，手機響了，是陳國樑：

「你怎麼突然問起這件事？」

「嗯……沒甚麼，只是隨便問問而已？」黃立斯輕描淡寫的說

「是沒錯啦，不過不見得就跟這個傳言有關。」

「我記得你那天還在恥笑林超奐，說他膽小，我看你也差不多。」

「噯唷，那天我們上實驗課，在教室前面聽到你說：『叫它來找我！』」陳國樑放低聲音，有點吞吞吐吐地：「我就有不祥的預感。」

「所以，你也認為……我遇到鬼了！」

說這話時，黃立斯忘形的轉頭朝自己背後看一眼。

「我……我不知道，如果它真的來了，你怎辦？」

「哎呀，現在說這個都太遲了，現在我只要求證一件事！」

「什麼？」

「關於實驗教室的傳言到底是真的，還是假的？」黃立斯慎重問著。

「這個……學長說是真的，可是如果沒遇到的話，我覺得就是假傳言了。」

黃立斯停了好一會沒出聲，惹得陳國樑焦急揚聲問：

「喂，還在線上嗎？」

「再問你，化工實驗教室引發爆炸死亡的同學是幾年級？叫什麼名字？」

「三年X班，盧允凡！」

☠

睡到一半，黃媽媽喊醒一旁黃爸，黃爸睡眼惺忪問怎回事。

他們夫婦同時聽到慘嚎聲，兩人迅速起床，循聲走到黃立斯房門。

慘嚎聲不見了，但有竊竊低語聲傳來。

兩人把耳朵貼到房門傾聽，低喃聲，時續時斷：

——痛！痛！痛啦！

——痛死我了……我不知道找誰……只能找你……找你。

第一帖

化工教室的傳言

黃爸、黃媽對望一眼，想到的是，兒子立斯生病了？很痛、很痛的病？

黃媽先伸手，打開房門……

陰黯房內，光線不清晰，但可以看到對著門的是書桌，靠右是衣櫥，左邊是床鋪，床鋪前，有一團火焰竄燃著。

赫！火焰燃燒著的是個人影，人影在地上打滾、直喊痛、痛、痛！

在看清楚後，黃媽首先驚呼大叫，黃爸則摸索著按下牆邊的電燈開關，不料，電燈不亮。這時，打滾的人影倏然直立起來，轉身面對著黃家兩老。

烏漆嘛黑的人影，周身還是有火焰，只是變小了的火焰，剩下些微火光。

畢竟黃爸是男人膽子壯些，他張口喊著兒子名字。

「立斯！是你嗎？」

房間裡充斥著濃濃焦味，夾雜著化學物品的嗆味，聞之欲嘔。這時，身上依稀有火焰的黑影朝黃爸、黃媽方向撲了過去……

「啊——」黃媽尖聲大叫的後退。

膽大的黃爸，不退反進，伸長手就要格打黑影。瞬間，黑影如氣體乍然迸散開來。

同時，隨著黑影，黃爸、黃媽耳中聽到淒厲的慘嚎聲：

——救、救……救救我。

淒厲、慘嚎聲跟著黑影，同時消散在空中！

忽然，床鋪上有一個人影坐了起來，轉頭轉向黃爸、黃媽。

黃媽驚叫著：

「啊——它又來了！」

黃爸則伸手，很快按下牆邊的電燈開關！

「啪！」一聲，電燈打開了，只是床上坐著的，是一個黑鴉鴉的人。

黃爸、黃媽嚇的退出房間去，黃爸在客廳隨手抓起一根木棍，再度衝進房內，舉高木棍就要打下去……

「爸！是我啦！」黑色人影抬手，掩護住自己頭部，大聲道。

他，是黃立斯！

☠

黃立斯說，他睡到一半時發現自己身在化工實驗教室前，看到教室內有兩位同學在做實驗。

其中一位就是盧允凡，他不小心把化學物潑到身上。另一位同學不知隨手放了什麼，倏然引發火焰。猛然衝高的火焰延燒到盧允凡身上，他叫著、跳著，火焰愈燒愈烈，他疼痛的奔出教室，倒臥在走廊上。那位同學嚇得不知所措……

受到化學物燒灼，盧允凡衣服支離破碎，身體通紅、瞬間轉變成黑褐色，然後冒出水泡，緊接著水泡破了、血水和著膿瘡流淌了一身……

站在教室門口的黃立斯看到這慘烈的狀況，也呆愣得不知該如何。

一會兒，趴在地上的盧允凡忽抬起臉！那臉，又黑、又腫、又坑坑疤疤，充斥著好幾種奇怪的色彩，黃立斯嚇得退後一步。

盧允凡伸出恐怖的手，拉住黃立斯的腳，黃立斯欲退無法退，他低頭喊著：

「放手！你快放手！」

——帶我去找黃……黃有財，請他、他……

黃立斯說不出話，心裡卻是否定的想法。不料，盧允凡似乎知道他的心事，只聽他說：

——不帶我去找黃有財，你會跟我一樣……

說完，盧允凡手上的怪異黑褐色，滲透到黃立斯的腳。黃立斯的腳開始變黑褐色，還往上升，導致他的小腿、膝蓋、大腿，逐漸被滲透，終至渾身都變成黑褐色。

聽完黃立斯的敘述，黃爸、黃媽共同研商的結果，一致認為還是該照盧允凡所求，去找黃立斯的叔公——黃有財！

黃有財是一名乩童，聽完孫姪黃立斯的際遇，他明白了。

他說，黃立斯不該脫口說：叫它來找我。它果然找上來了，甚至還跟到家裡來。

它找上來的目的就是希望透過黃立斯來找黃有財，請黃有財替它超渡。

雖然不認識盧允凡，但黃有財本著慈悲為本，替它辦了一場法事，之後，黃立斯的日子就平順了。

只是……有關化工實驗教室的傳言是否依然存在？

沒有人知道！

畢竟，陰界的事，沒人可以料的準！

或許，以後時運低，或是有緣的哪個學弟妹，還會遇到它喔。

第二帖

被詛呪的泳池

位於偏遠地區的XX國小學校，建構的新游泳池終於完工。在落成典禮過後的第一週，體育老師余明慶領著五年級義班學生上游泳課。同學們排成兩列，做完暖身操，大夥興奮的衝進泳池內。

新蓋的泳池連水都透著清新味道，游起來讓人有特別清爽之感，有幾位會游泳的同學，各順著水道奮力游向前。

一群女生圍住余明慶老師，他一邊講解一邊加上動作，正在教導她們如何伸張雙臂、用力踢動雙腿。

游向深處是四位同學，再游回淺處時卻只有三位。

余明慶老師無意間一轉頭，看著三位同學：

「劉奕喜呢？他不是跟你們一起游嗎？」

三位同學同時搖頭都說沒看到。余明慶拉長眼焦，尋找劉奕喜。

淺處有許多同學在玩潑水遊戲；有的在學游；有的……就是沒有人看到劉奕喜。

余明慶大聲喊，都沒有回應。他往深水處望去，看到那邊冒起陣陣水泡，依他的教學經驗意識到不對勁，撇開同學他往深處水泡游過去……還沒到，就已看到水底中，縮著一個人影，他急忙撲上前，一把抓起水裡的人影。

果然，正是劉奕喜，不過他緊閉雙眼，臉色發白，咬破的嘴唇還滲著血絲。

第二帖
被詛咒的泳池

余明慶連忙把他帶上池畔，施行人工救援。

不知道過了多久，劉奕喜突然張口，「哇！」一聲，吐出一口水後，大聲哭泣起來。

「好了！好了！沒事了。」余明慶鬆了一口氣，拉起劉奕喜，繼續拍背脊。

「你不是會游泳嗎？」余明慶問道。

原來事先他已經做過問卷調查，目的就是確保同學們的安全。

劉奕喜繼續哭著，點頭，斷續說出方才際遇。

男生喜歡逞強，他想跟同學競賽，下水後一心一意拼命往前游。游到一半，在他腳踩不到底之處，感到整個人往下沉……

他踢了踢腳，掙扎著繼續奮力游，不料身子不但沒升上水面，反而更往下沉。

很快地，他脖子、下巴、嘴唇，都浸到水，連鼻子也泡進水裡。

剛開始他尚能閉氣，可是身體依舊下沉就讓他很緊張，不斷踢腳、划水。突然，他忽然感覺到腳踝有東西纏住他。

低下頭一看，他看到……原來是有人拉住他的腳踝！

勉強掙扎著浮出水面，他猛吸口氣，但只一會兒就立刻又被拖下水中。

他乾脆潛下去，轉身尋找拉他腳的人到底是誰？

等看清楚後，他整個人嚇住了！

拉他腳踝的只有一隻手，手看起來很纖細，手腕以上是一根半截骷髏骨，只有手臂的一半……

這時已經氣盡，但他就是無法擺脫那隻骷髏手，掙扎間他不斷往下沉。他張大口，吸入的是滿口的水，無法呼吸了……終至沉到水底。

聽完劉奕喜的敘述，余明慶轉頭嚴肅的望著其他三位同學。問他們話，全都一致搖頭，同時還指出他們各自游著的水道。

余明慶看了一下，他們游的水道跟劉奕喜不相同，另外他發現，劉奕喜游的水道最靠近泳池的邊畔。

余明慶繞一圈巡視泳池邊畔，水清澈的泛出漣漪，整座新泳池看起來就是很明亮、光潔，根本沒什麼啊！

☠

學校有兩位體育老師，一位是余明慶；另一位是女老師周玉素，她是開學後，才進學校報到的。

兩位老師閒聊時，無意中談起新泳池，周玉素忽攏聚一雙黛眉：

「請問您，這座泳池是新蓋的吧？」

「是呀！周老師不知道嗎？」

「知道，可是上個禮拜上課時，我班上發生奇怪的事。」

「什麼事？」

接著，周玉素說出……

☠

她帶課的這班是四年級仁班，都是女生。

上游泳課課程大多差不多，就先做暖身操，再下水。班上女生幾乎都不會游泳，因此周玉素上的比較費力。她把同學分成幾個小組，一組、一組的講解完，再讓小組各自練習、各自互相照應。因為她一個人無法全面照顧到同學，這是最安全的個策略。

當周玉素在教導最後一組時，忽然有同學尖聲大喊。

周玉素趕過去，第一組同學顫抖的指著前方，那一邊深不見底只看到一大團水泡泡不斷浮出水面。

「那裡怎麼了？」

「老師，是陳紹英，她在那裡！」

周玉素急忙游過去，立刻把在水裡的陳紹英拉回來。她嚇得急忙爬上岸邊，不敢再待在水裡。也因為喝了水、又嗆到，整張臉脹的紅通通，不斷咳嗽。

周玉素又急又氣，明明都跟她們講得很清楚，不應該會發生危險的情況。

「怎麼回事？妳又不會游泳為什麼要跑到那邊？妳不知道那裡踩不到底嗎？」

等陳紹英好過些，她才說出緣由。可是周玉素聽了認為不可能，召來第一組人員，第一組加上陳紹英共有五個人。

五個人所說的都一致，儘管感覺很有疑團，可是陳紹英有證據讓周玉素不得不相信。

據陳紹英所說，她們一組五位同學，在水深及腰部處照老師所說方法，兩人一起互相拉住手，一個站著另一個抬頭、身體俯伏著踢動雙腿。

剩下陳紹英一個人，自顧攀著泳池畔，踢著雙腿。

忽然，她旁邊冒出個小女孩，稀疏的頭髮，大概只有整顆頭髮的五分之一，所以顯得雙眼特大，下巴尖細，她向陳紹英盯視很久，剛開始陳紹英想問：

「妳是誰？怎麼可以來這裡？」

只是話還沒問出口，小女孩裂開嘴，沒看到她的舌頭，嘴裡是個烏黑的大洞，這大洞幾乎佔了她半張臉，然後特大的眼瞳，由左而右的移轉著。

她沒說話，可是陳紹英居然明白她的意思，她要陳紹英跟著她往另一邊游過去。

小女孩轉身，沿著池畔往另一邊飄去。

說「飄」是一點都沒錯，因為陳紹英只看到她的頭、脖子，她周遭的水完全是靜止不動的。

第二帖
被詛咒的泳池

居於好奇，陳紹英想看她是怎麼游的，因為既沒看到她雙手滑動，也不見她踢動雙腳。所以陳紹英攀著池畔邊，緊接著她後面，也向前移過去。

好一會兒，陳紹英頓然發現，水中居然沒看到她的身軀！就是說……小女孩只有一顆頭和脖子，以下都是空空的！

這時，害怕、顫慄佔滿陳紹英整個人，她回頭一望，赫啊！剛才感到只過了一會兒而已，怎麼就跟同學拉開了那麼長的距離，已經到了對面水深不見底之處！

☠

周玉素老師剛剛教過，萬一腳踩不到底時要緊緊攀住可以讓自己浮起來的東西。

非常慌亂的陳紹英，所幸還記住老師說的話，因此她緊緊攀住池畔不敢放手。她想喊同學求救，不料口一張，一撮頭髮就飄入她嘴裡。

一隻手無法撥掉頭髮，情急之下她兩手同時撥拉著嘴裡頭髮，但這樣一來，她整個人沉了下去。

這下子她真的慌措了，要知道，不會游泳的人，最怕的是沉如水中，水裡有若另一個密閉的世界，如果加上害怕那就更糟糕了！

頭髮愈纏愈緊，甚至還纏上陳紹英雙手。她喝了幾口水，就快不能呼吸了。想趕快浮出水面，伸手觸摸池畔，但是不管她如何摸索，都碰不到池畔邊沿。

這時候，一顆頭緩緩飄到陳紹英面前。她清清楚楚看到小女孩睜凸著雙眼，裂開大大的嘴，稀疏頭髮隨水波，飄搖著……

此外，小女孩只到脖子為止，脖子以下，沒有身軀、沒有四肢，空空如也。這狀況很詭異，更讓陳紹英害怕了。

小女孩雖然沒有四肢，可是她的頭髮在水裡看來似乎變得很長，長到可以絆住陳紹英的手、腳，不管陳紹英如何掙扎，始終無法掙脫。

——陪我……我沒有伴……陪我……

潛意識裡，陳紹英聽到這樣的話。接著，無法呼吸了，隨著她張開嘴，大量的水灌入她嘴裡。她感到頭部劇烈發昏、食道、肺部劇烈疼痛……哇！真的是太痛苦了！

最後，在昏昏沉沉之際，她感到有人拉住她往上提……

全盤知悉後，周玉速蹙緊眉心，看一眼泳池畔的一撮凌亂的頭髮，髮質細軟、淺褐色，看起來很像小孩子的頭髮，那是剛剛從陳紹英的腳踝上拉扯下來的，跟陳紹英黑亮而粗的髮絲不一樣！

接著，周玉素繞著泳池，找了一圈，完全看不到像那樣的髮絲。

聽完周玉素老師的敘述，余明慶也說出他班上劉奕喜的際遇，說：

「我以為他被水嗆昏，神智不清之下的胡言亂語，現在聽妳這樣說來，難道，

第二帖

被詛咒的泳池

泳池內，真有什麼怪異嗎？」

☠

下午第二節課，安靜的走廊，忽傳來急促腳步聲和驚響：

「呀！啊！糟糕！不好了！」

年輕的校工李阿信一路驚叫著狂奔入教務處，教務處旁邊就是教師辦公室，幾名老師紛紛放下手中工作踏出教室門。

「阿信，發生什麼事？」

余明慶伸手擋住阿信的去路，不這樣的話，恐怕他會繼續往前衝。

阿信上氣不接下氣，直拍著自己胸口：

「我、我找教、教務主任。」

「我剛剛看到他出去了。」一位女老師說。

「去哪？那，那、那校長呢？」李阿信抖著下巴。

「就是跟校長一塊出去了。」

「唉唷，糟糕！真是糟糕。」李阿信雙手互擊，發出一聲響。

「你趕快說，到底出了什麼事？或許我們可以幫忙解決。」余明慶說。

「有、有鬼，死、死人了啦！」

大夥聽得一愣，後來一位男老師出聲問：

「什麼鬼不鬼的，說清楚。是誰？誰死了？」

「是學生嗎？」周玉素忙問。

李阿信拼命搖頭，急巴巴的說：

「我不知道，是游泳池，泳池……。」

余明慶和周玉素對看一眼，然後沒有人接話。

李阿信拍拍胸口轉身就要走，余明慶拉住他，說：

「你不要大聲嚷嚷也不要急，這件事先不要讓學生知道。走吧，我們一起去泳池，你再說清楚。」

他說的有理，幾位老師跟著李阿信，保持靜默匆匆往泳池方向去。

邊走李阿信邊說……

☠

昨天、今天都沒有游泳課，李阿信依照平常習慣拿著掃把、長竹竿，往泳池去。

因為泳池是露天的，所以阿信每個禮拜都要清一下水面上的落葉、雜物等等。

當初想蓋泳池時，因為學校西邊有一塊閒置的空地可以利用，只是還得籌措一筆不小的經費，經過討論後，校長和校務處決定泳池要蓋在室外，頂多再蓋個頂棚，這樣可以節省一大筆經費。

阿信走到泳池畔，先用掃把掃掉泳池周遭的地，才掃一半，忽然看到泳池內浮著一團衣物。

「喂！是誰啊？幹嘛躲在泳池內？今天沒有游泳課哩！」李阿信以為是哪個調皮、愛玩水的男同學，大喊道：「趕快起來，不然我要用竹竿打人了！」

喊了幾聲都沒反應，他生氣了，真的轉身去拿長竹竿，等他走過來時，意外發現方才在這邊的那團衣物竟然飄向對面！

他還以為是自己記錯了，但想到如果是男同學偷偷潛到對面也有可能。

竹竿雖長，卻勾不到對向，於是繞了一大圈，待他欲伸出長竹竿時，赫然發現那一團衣物竟然又飄向對面。

始終認定是男同學的惡作劇，所以，他並未發現不合理之處，只是心中非常生氣。

生氣之下，他也無法管許多，踢掉鞋子、脫掉上衣、外褲，「撲通」一聲，跳入水裡，往那團衣服走，還一邊拿起長竹竿要去勾它。

那團衣物輕飄飄地，一下就被勾住了！

「哼！看你往哪去？還是被我抓到了吧！」

勾過來的瞬間，李阿信嚇呆了，居然是一具趴著的小女孩身軀。

他拋開竹竿急忙把小女孩翻轉過來，赫然發現她沒有五官，小小臉上像剝了殼的雞蛋般蒼白，嚇得李阿信急忙鬆手。她再次落入水裡，水波盪漾下，她五官模糊間依稀現了出來。

李阿信親眼看到浸在水中的小女孩張嘴，耳中又聽到：

「我很寂寞，沒人陪我玩！沒人陪我……」

不等她說完，李阿信轉身想跑。可惜因為水的阻力讓他走不快，偏是心裡又急、又怕，走不到兩步，背後的衣服被拉住。他拼命往前，水壓加上衣服阻力讓他舉步維艱。

害怕到極限時，人的本能會激起自我防衛，又想到不過就是個小女孩……鬼，李阿信大聲吼道：

「走開！不是我害死妳的，不要害我。」

說著，他放膽轉回頭，呃！原來是那根竹竿勾住了他的衣角。抖著手，忙亂的解開勾子，他勉強管住雙眼，絕對不看小女孩。還在爬上泳池岸時，因雙腿顫抖跌下水中兩次。

老師們過來查看落水死亡的小女孩，是附近住家的孩子，因為泳池屬於開放式的，平常又沒人看守，發生這樣的憾事讓校方相當頭痛，不想把事件擴大，只好跟對方和解。

之後，每逢上游泳課，老師們都特別注意同學的安全，但還是常發生狀況，例如：有同學發生昏倒事件；有同學說有人拉他的腳……

過了不到一個月，又有附近小孩落入泳池溺斃，校方不得不慎重看待這件事。經過一再開會討論，只好全面取消游泳課，並把泳池劃為限制區不准學生靠近。校方還禮請廟方的人來作法事祭拜一番。

新的泳池怎會狀況百出？有人私底下悄悄傳言：這座泳池是受到詛咒了！為了安全，游泳池內的水都被放乾了。

但，每次有人經過游泳池附近，總會聽到小女孩的嬉笑聲以及拍水、玩水的聲浪。

更有同學言之鑿鑿，說附近常會遇到個小女孩說她要找玩伴，甚至還會當面出現拉著你跟她做伴。

被詛咒的游泳池傳言愈傳愈廣，校方相當煩惱，曾經想把泳池改成其他用途，但每次工事才剛開始就出現各種原因、狀況，使工事一再延宕，最終只好作罷。

校工李阿信也曾經體驗過遇鬼事件，所以沒事他也盡量不靠近那區塊，不得已要清掃時，總挑在上午時分匆匆打掃完，急急離開。

雖然有各種傳言，不過後來學校再沒有傳出什麼重大事故，日子也算平順過了下來。

時光荏苒，匆匆過了二十多年，學校的人事更迭，而西邊這座廢棄的泳池，顯得更荒廢、也更詭異。

☠

剛畢業參加教師資格考試通過，被分發到偏僻的這間鄉下國小，李宛真相當雀躍，只是她必須住校。念大學時她也曾經離家住校舍，所以這個不是問題。問題是住了幾天，她意外發現住校的人除了她和李姓校工之外，同事們居然都沒有人住校。

李宛真問資深的周玉素老師，有職員宿舍為什麼要到外面租屋？

周玉素老師撥一下額頭上白髮蒼蒼的劉海，笑笑說：

「我不開伙，住外面方便，可以就近買便當、自助餐。」

「哦。」點點頭，李宛真才想到周玉素老師沒有結婚，單身。

「對了！有人跟妳提醒過嗎？」

「什麼？」李宛真搖頭望著她。

「校內，西邊有個地方是禁地，妳最好不要去那裡。」

「禁地？為什麼？」

遲疑了一會，周玉素老師才說：

「喔，因為那個地方在做工事，堆了許多工事器具、機械，混雜又危險。」

點點頭，李宛真好奇又問：

「是學校要擴建嗎？可是聽說現在少子化，學生不多。」

「這個我不知道，教務處的人比較清楚。」

初執教鞭，李宛真教學很認真，對同學相當關愛。

一天吃完晚飯，李宛真回學校，繞著校園散步一圈。

整幢學校空無人煙，向晚的天空染了數朵彩霞，校園內的樹木，葉子隨風搖擺，另有一番風姿。

住慣了熱鬧大都會的李宛真，在這僻靜的鄉間，果然找到寧靜。

「嗯……耶……」

不知哪傳來細細的哽咽，她凝神諦聽一會，這聲音似乎很悲傷，哭不出聲而噎住喉頭。循著聲音，她往前移。

前面一堆廢棄土推，加上頹倒的樹幹、垃圾成堆，看起來很荒涼，但她注意力全在聲音上。

再前行，看到前面有一大長方形凹陷處，周遭砌著白色磁磚，看的出來這是個荒廢的游泳池，有一個小女孩身影坐在池畔，哽咽聲就是她傳出來的。

「同學嗎？妳是校內的同學嗎？」

小女孩搖頭，哭聲更響。李宛真上前，發現她身軀單薄又瘦小，好像還不足可以上一年級的年歲，柔聲道：

「小朋友，妳有什麼困難呢？可以告訴老師嗎？」

小女孩繼續哭泣，李宛真坐到她身旁關心的繼續問。

「妳不說出困難，我就不能幫妳呀？」

「李老師可以幫我嗎？」

李宛真心裡一怔，她怎麼知道自己姓李？但口吻還是溫柔地：

「那妳要說出有困難的地方，老師才能幫妳，是不是呀？」

小女孩轉過頭，她黑幽幽的眼瞳，一抹綠色光芒，一閃而沒：

「沒有人可以幫我的……」

「怎麼這麼說？」

「因為大家都走了、都離開我了。」

「妳怎麼不回家？家住哪裡？老師帶妳回去好嗎？」

因哽咽而聳動著雙肩的小女孩伸出短小手臂，指著泳池前方……

李宛真抬眼望去，荒廢的泳池內，一滴水也沒有，磁磚近似乾旱的處處裂開，上面許多層層疊疊的落葉、枯枝、垃圾。

這時更晚了，天色在褚暗中夾雜著墨青，無端吹來幾陣涼冷陰風，李宛真打了個冷顫。

冷冽陰風，讓她乍然清醒！

她側頭看著小女孩，頓間發現小女孩全身像被畫上斜線的疏淡黑影……

李宛真搖一下頭，閉眼後再看看小女孩，黑影乍然消彌就像一股黑煙，在她眼前很有層次的消失了……

「咦、啊——」

狂叫一聲，李宛真心中驀如擊鼓，狂跳不止，翻身下了泳池畔，跌跌撞撞奔向前。

她不知道到底跑了多久、多遠，好像很遠，更好像奔跑在無人的砂礫上，讓她驚慌失措下，數次差點跌倒。

然而，整幢學校黑濛濛到處都看不到人，因為同事們下了課都早早離開了。她就這樣，一會兒跑到教職員教室，一下子奔向教室，都沒人，她跑得更快了。

前面有個轉角，她奔近了轉彎，忽然碰到一團軟軟的東西，嚇得她跌倒在地，驚聲尖叫。

「老師！老師！」

手電筒的光，照映出一張詭異老臉，老臉有如鬼魅，恐怖又可怕！

「老師，是我啦！我是李校工。」

李阿信把手電筒照向自己的臉，目的就是要讓人知道他是校工，不料反而嚇到李宛真。

李宛真看清楚是李校工時，才驚魂甫定的猛擦著汗水、淚水。

「妳不是剛來的李宛真老師嗎？」

李宛真點頭。李阿信扶她起來，兩人一起到會客室。

「妳怎麼了？發生什麼事？」

喝一口水，李宛真鎮定許多。有道是：子不語怪力亂神。她搖頭，否定方才所遇的小女孩事件。

儘管李阿信存疑，但李老師不說，他也就沒繼續問。

辭別李阿信，李宛真回到宿舍，躺在床上時，思緒不禁一再回想……

現在，她有點明白為什麼教職員宿舍這麼舒適卻沒有老師來住？還有周玉素老師說過：西邊禁地最好不要去。

現在想起來，周玉素老師話中有諸多保留，卻不肯告訴她真相，要不是今晚誤闖，也不知道那邊有鬼……

是鬼嗎？那個小女孩是鬼嗎？是什麼原因呢？

「喀喀。」輕輕傳來敲門聲，李宛真下床，很快去開門，同時，口中問道：

「誰啊？」

話出口，她忽然想到，偌大學校就只住了她跟校工，那麼敲門的當然是他了！

「李先生嗎？這麼晚了有什麼事嗎？」

一打開門卻不見半個人？李宛真探著頭往外看……忽然感到裙角被拉了一下，她低頭望去……赫！一隻小小的骷髏手，拉著她裙角！

「啊——」尖叫一聲，李宛真整個人往後仰跌。跌坐在地上，她張著口不知所措。一道小小身軀貼著門板，幾乎是用黏的，黏進來，是禁地那邊，在荒廢泳池的小女孩。

她雙眼眼角往下垂，順著臉頰，兩道發黑了的血水，流淌到下巴，往下滴落。

尖聲憤怒的孩童稚嫩聲，幾乎要衝破李宛真的耳膜：

——不是說要幫我嗎？來啊！跟我作伴，陪我啊……

「請你告訴我，這學校到底發生了什麼事？」

李宛真誠懇的望著李阿信，剛開始李阿信雙眼一直是看著地上，堅決否認。

是李宛真一而再、再而三的猜測：難道是虐童事件？難道是老師的過失？難道是……

「我知道，你在學校年資最久，一定知道實情。如果可以，為什麼不伸手救救那個可憐的小女孩？」

「這間學校的老師、校長，難道都沒有一些些的愛心？這樣不就失去了教育的真正意義嗎？」

李宛真說的義憤填膺，李阿信長長舒了口氣，緩緩說：

「李老師，不要這麼激動，事情不是妳想的那樣。」

「所以，你知道真相，那為什麼不說？」

「妳……請妳靜下心來，聽我說。當初蓋泳池，校長和各位老師，都抱持著樂觀其成的心態，就算經費不足也想盡辦法完成，哪知道……這個游泳池被詛咒了。」

接著，李阿信細細說起二十年前，學生們上游泳課發生不只一次的恐怖事件，接著，談起泳池溺斃了幾位小孩童。

甚至請法師來超渡，也無法擺平被詛咒的游泳池，最後學校欲改建泳池，另作他用，工事還是沒辦法順利進行。

直到最後，校長和校務處主任商量最後一招，找出原始蓋游泳池的建築師，跟他說出經過，建築師想了兩、三天後跟校長電話聯絡。

次日，建築師帶著工頭、工人來，當面跟校長提起緣由。

一位工人，家境貧窮，女兒染了肺病，二十多年前，這種病無法醫治。

工人跟女兒說：爸爸去蓋游泳池，等泳池蓋好，領了工錢，就可以帶她去看醫生。

才五歲多的女兒很懂事，她虛弱的說，她這病醫不好，只是她有個願望，希望可以看看又寬又新、又漂亮的新泳池。

但是泳池尚未蓋好，女兒就已辭世了。

工人萬分悲痛，又不捨女兒的願望無法達成，因此，他把火化後的女兒屍骨，偷偷埋入游泳池底，盼望女兒可以永遠在泳池裡，優游自在的嬉玩。

哪知道會發生這麼多事件，後來廟方人員來超渡，她不想離開，居然聯合被她拉去溺亡的幾位孩童一起抗拒，所以，改建泳池的工事受到嚴重的阻礙。

而小女孩，跟其他幾位溺斃的小孩童，至今還飄盪在游泳池內不肯離開……

鬼

見

之

校園鬼話3

第三帖

籃球場上的遊魂

輔導課下課後，回到家，劉彥辰喝個水，換件運動服套上球鞋都已經快五點了。

但沒關係，即使快六、七點，他也一定要去打球。抱著籃球，劉彥辰逕自往住家附近的XX高工學校而去。

踏進校門口，往右走，拐個彎，越過一排教室就是籃球場。雖然不是讀這間學校，但他很熟的，每逢假日、假期，他都會來報到。

遠遠的，他瞄到對向籃球架底下有一道高挑身影，正在投籃。

想不到在這涼颼颼的秋末初冬，也有人來打球？那他的興趣，一定跟自己一樣了。

想到此，劉彥辰唇角露出笑意。

接著，不浪費時間，他也立刻拍起球，球碰到地上發出「碰碰碰」的聲響。

球運到籃球架底下，他旋個身，跳起來，「啪！」空心球，真爽！

忽然，他注意到，怎沒聽到對方打球的聲音？

想到此，他轉頭望去……沒人。喔？走了？

再轉回頭，劉彥辰被驚嚇得退一大步！

面前站了個人！高挑、四方臉，有著一雙粗眉，臉色有點陰晦，是因為天氣寒冷的關係嗎？

他點點頭，沒有笑容，面容看來很嚴肅。

「嗨！」劉彥辰頷首。

「一個人？」

「嗯。」

「來比一場？」

「呀？就……」劉彥辰伸出手指頭，比一下他、又指著自己：「我們兩個？」

「不然咧，還有誰嗎？」他雙手一攤，僵硬的左右轉一下頭，臉露詭異笑容。

「怎麼比。」

「你先？還是我先？」

「都可以。」

「你高二，我高三，讓你先。我開始計時，五分鐘為限，看誰投球分數高，就誰贏。」

一場下來，劉彥辰輸了！

「嘿，這不公平。」劉彥辰抗議道：「你怎能跑到線外投球？」

「你也可以。」

原來，他站很遠，都投三分球，計算下來分數就高了。

兩人繼續比下一場，劉彥辰特意跑到線外，也學他投三分球，可惜好幾球落空，分數還是比他低，又輸了！

連輸兩場，劉彥辰很嘔，繼續比下場，但他設定距籃球架多遠以內的範圍，主要是不讓投三分球。

「這次你先，我計時開始！」劉彥辰說著，盯住手錶。

只見他身形飄忽，球才離框架、往下掉，他馬上縱身一躍，接住球，身軀尚未著地，手中球再次往上投。

看的劉彥辰瞠目結舌！

時間到，他若無其事的接住球，輕鬆轉向劉彥辰，臉上是一副……什麼表情，劉彥辰無法形容，只是他非常明白，不用比，這場鐵定也是輸定了！

他自忖自己絕對無法像他動作這麼輕巧、投球手法這麼俐落。還有最重要的，是他腳不沾地居然可以凌空投球！

不知道愣了多久，一陣寒風襲來，劉彥辰打了個冷顫，清醒過來一看，天色已經昏黑了。

☠

一直想不透，昨天那個高個子到底用甚麼方法可以接球、又腳不沾地的連續投球？

國家級籃球比賽曾看過選手這樣做，但也只能偶而一、兩，哪像他幾乎是連

第三帖

籃球場上的遊魂

續都可以這樣？

一整天上輔導課時，劉彥辰都在想這個問題。

下課休息時，躲在無人迴廊處，劉彥辰學高個子方法，往上跳，尚未著地，在空中又往上蹦。

還是不行！好幾次是沒摔，但手歪斜、腳開大叉，姿勢超難看的落地。

惹得同學們嗤嗤偷笑：

「阿辰，你在幹嘛，練身段？不必這麼認真吧。」

「就是啊！萬一小雞雞裂傷……唉唷，救命呀！」

另一位調侃說了一半，劉辰彥追上前打人，兩人一前、一後追逐起來。

下課後回到家，快速趴了幾口飯，劉辰彥丟下筷子，撈起籃球，迅速往外衝。

「喂，阿辰，這是你愛吃的……唉！這孩子，真是的！」劉媽媽在身後叫。

跨進學校時，有幾位附近居民可能是結束運動要回家，往校外走。

劉彥辰環眼看一遍，沒見到高個子，於是自己試著練習起來。

若依照他以前自己的打法可以很輕鬆練球，但想學高個子的身法還真的是困難重重！

專於打球，不知覺間天色已經逐漸暗下來。就在天色尚未全暗之際，劉辰彥聽到另一方傳來打球聲響，他轉頭一看，哇！是高個子！

劉辰彥馬上走過去，走到一半看到高個子投了顆空心球，球剛剛穿過籃框的那一剎那間，他猛跳起身，接住球立刻再度投出球。

猛頓住步伐，劉彥辰瞪大雙眼，他看到高個子沒有腳，膝蓋以下是空泛泛的！但也只是剎那間的事，接住球，高個子著地，轉過身面向劉辰彥，一切都又正常。

劉彥辰整個人都呆愣住，直到肩膀被拍了一下才醒悟過來，側轉頭，高個子已站在他旁邊。

「來多久了？」高個子口吻冷澀而平板。

「很……很久了。」劉彥辰整個腦袋忽然放空，順著他口氣回話。

「比賽嗎？」

搖頭，劉彥辰道：

「你可以教我嗎？」

高個子扭轉頭，側臉斜斜望向劉彥辰，一張臉現出極端詭譎樣貌。

劉彥辰心口一跳，但也只一會兒，那感覺很快就消失了。

「你那招很漂亮！可以教我嗎？」

「我每招都嘛很漂亮。」高個子忽地裂嘴，近似得意：「你說的是哪招？」

用力點頭，劉彥辰道：

「你全教我吧。」

「可以，但是你必須天天到這裡來。」

樂開了的劉彥辰立刻接口：

「不必你開口，我可是天天都來這裡的。」

說著，劉彥辰拍球、運球，運到籃球架下，投個空心球，接住後，炫耀般得意轉頭看高個子。

他略歪斜著頭，角度大約是四十五度左右，又因為他個子矮，眼睛斜著往上看，只看到一副沒有血肉的枯骨架，頭骨歪的近乎要往下掉，該是眼睛的黑洞，閃出兩團暗幽幽的綠色火焰。上下顎骨大大裂開著，露出黑洞洞的大嘴，兩隻枯骨手臂，誇張地向後折，往後抱著一顆籃球虛影。

「啊——」用盡全身力道，劉彥辰狂吼叫出聲。

「幹嘛？見鬼了？」

高個子大聲怒斥，聲音依然冷澀而平板，但已把劉彥辰斥醒過來。

劉彥辰眨眨眼，導正自己姿勢、頭部、眼睛，一切都很正常——除了颳來幾陣陰寒冷風之外。

「我、我剛才真的見……」

說著，劉彥辰直盯視著高個子的眼睛。他的雙眼，似乎隱藏著兩團綠色火焰，在這荒冷的操場上，讓他忍不住打了個冷顫。

「見你個大頭。」

高個子瞪他一眼，這時劉彥辰已完全恢復正常，高個子說：

「我們可以開始了吧。」

劉彥辰望一眼天空，已經都暗濛了，是該回家溫習功課，他不是一個只顧運動不管課業的人，但拗不過高個子，只好運起籃球，隨口問道：

「對了，都不知道你名字，哪個班級，怎麼稱呼你呢？」

「高工三忠。葉子昌。」

劉彥辰跟著他練到將近九點多才回家。一進家門，他媽媽已候在客廳等他。

「你去哪？」

「就附近的高工學校呀。」

「五、六點打球到快十點？」劉媽媽看一眼牆上壁鐘。

點點頭，劉彥辰倒杯水，一口灌下去。

「跟誰？你一個人吧？」

劉彥辰搖頭，放下杯子：「跟個同學。他球技超棒，教我些新招，還不錯。」

說完，他自顧往廚房去，餓了想找東西吃，劉媽媽跟進廚房，為兒子煮一碗麵。

同時，劉媽媽還問些有關這位同學的狀況，打球打到這麼晚，擔心的是兒子會交到壞朋友。

之後，劉彥辰幾乎每晚五、六點出門，十點才回家。

第五天晚上十點整，劉彥辰踏入家門，劉媽媽板著一張臉，瞪住兒子：

「你說你去打球？」

已經都說過了，劉彥辰懶得再說，只顧喝水，點頭。

「你為什麼要騙我？」

劉彥辰手握杯子，望著劉媽：「哪有騙妳？不信的話……」

「我八點時有去學校。」

「妳有去操場嗎？怎麼不叫我？」劉彥辰詫異的看著母親。

劉媽媽攏住眉頭：

「我不反對你打球，但沒必要這麼認真吧？你要參加比賽嗎？」

「厚！媽，妳說話別帶刺嘛，人家是興趣。」

「每天打球打到這麼晚，只為了興趣，都不用讀書了？」

「我……有去上輔導課。」

「不夠，回來還要溫習。我反對你為了打球，把課業鬆懈了！」

「我……」劉彥辰雙肩一聳：「我知道啦，等我把他的球技學成，就不會……」

「又說謊？我最討厭你說謊。」劉媽媽口氣更不悅。

「我哪有說謊？是真的！」

「我去操場，只看到你一個人在打球。」

吼！真的是有理說不清，劉彥辰閉上嘴。

劉媽媽看著兒子，她太了解兒子，自小受到冤枉時，他就是這副樣子——乾脆閉嘴，不辯解。

劉媽媽語氣緩和的問道：

「不然，你說，那位同學叫什麼名字？讀哪間學校？」

說起這個，劉彥辰興致來了，立刻接口：

「他叫葉子昌。就讀這間高工學校，高三忠班。」

「為什麼我去的時候沒看到他？」

「這我哪知？或許我們正在休息談話，或許……唉呦！不知道啦！」劉彥辰愈說愈大聲：「反正，我沒有騙妳，不信妳可以去學校問。」

這時，劉爸從房間走出來，打個哈欠：

「沒騙人就好啦，都快十一點了，明天我要上班他要上課，可以睡了。」

☠

第六天晚上，回家吃飯時，劉彥辰細細回想，昨晚八點左右，他和葉子昌到底在幹嘛？

好像在尬球吧。

葉子昌教完他一個招式後，都會建議比一場，他說這樣容易記住也學得快。

整個晚上，他和葉子昌幾乎都沒休息過，為什麼媽媽沒看到他？

放下飯碗，劉彥辰抱起籃球，爽然若失的到高工學校操場，遠遠的就看到葉子昌在籃下投球。

兩人開始之前一貫的模式，只是劉彥辰數度出狀況。

接住球後，葉子昌忽然停手：

「你今天有心事？」

「沒有！」

葉子昌雙眼灼灼盯住劉彥辰。

襲來一陣冷風，他灼而陰晦得近乎綠色眼芒，讓劉彥辰無端憶起那天歪斜著頭，四十五度往上角度時，所看到的他的樣貌。

葉子昌將球丟向劉彥辰：

「來！開始吧。」

差點漏接，劉彥辰振起精神，兩人繼續尬球起來。

時間過得很快，將近十點，劉彥辰想休兵，他把球投向葉子昌後立刻轉身，走向籃球架下，想去撿拾外套。

忽然，籃球一蹦一蹦彈遠開來，滾到場邊，劉彥辰側頭看一眼籃球：

「耶！球……」說著，並回頭。

葉子昌無預警地，捲曲著身軀，側倒在地上。

劉彥辰呆了幾秒，才丟了外套。

「喂！你怎麼了？別開玩笑喔！」

說著，劉彥辰走向葉子昌，剛剛完全沒聽到他倒地的聲音，也沒聽他說哪裡不舒服，難怪劉彥辰會這樣想。

等了一會兒，葉子昌沒有反應，劉彥辰蹲下來，說：

「起來，不要玩了，會感冒。」

說著，劉彥辰抬頭望望天色，今晚沒有月亮，只有冷颼颼的寒風，操場周遭幾棵樹，樹葉因寒風顯得瑟縮，無力的搖晃不停，更增添幾分詭譎氛圍。

「快起來啦！」

劉彥辰差點要接著說：你再不起來，我要回去了。他只是伸出手，推推葉子昌，哪知道，葉子昌隨他手勢，翻成仰平躺在地上。

劉彥辰看到他臉孔煞白，簡直像死人的臉，他伸手觸摸他的鼻息，赫然發現葉子昌沒有了呼吸！

第三帖

籃球場上的遊魂

心口大震，劉彥辰在摸他臉頰、手臂……冷硬如冰，像死了好一段時間！

「這怎回事！」

吃一大驚，往後仰跌，劉彥辰整個人都嚇傻了，明明剛剛還活龍活現的在打球，下一秒就成了死人？

他整個人渾噩得不知所措，想求救，但整座空曠操場沒半個人，又值這麼晚時分，找誰呀？

又慌又急，紛飛的腦袋讓他手腳都發抖了，第一想到的是自己成了兇手。現場只有他兩個人，若成了兇手，會被訊問、會被關、會……一個接一個問題，如浪潮般蜂擁而來，劉彥辰轉眼又看他，愈看愈恐怖而可怕。

一個念頭浮上來：趁沒人，快跑！

想到此，劉彥辰馬很快爬起來，轉身跌跌撞撞的奔向校門口，跑到操場邊，瑟瑟寒風，讓他想起外套還在籃球架下。

轉身，他往回跑，倏地發現，籃球場上沒有人！剛剛平躺著的葉子昌，消失不見了！

劉彥辰轉頭，眼光四下一掃……真的不見半個人影。莫名的情況，嚇得他連外套都不要，風一般捲出學校。

之後，剩餘的寒假劉彥辰一直不敢再到這間高工學校打球。但是濃濃的疑團，始終盤旋在他心頭。

到底怎回事？就算想破腦袋，還是無解！

☠

初寒乍暖時節，各學校開學了！因為學生，使得原本空寂的校園熱鬧起來。劉彥辰當然也天天到學校上課，但心口始終存著疑團的他，在開學一週後，終於有機會讓他求證！

應該也算是機緣，因為下午最後一節課是校外教學，老師忽然有事，就留了一堆課業，讓他們回家做便提早放學。

在搭車回家的路上，劉彥辰一直在想：到底要怎麼做？尚未想妥當，他人已經到住家附近的這間高工學校門口。守在校門口小門的校工看他一眼，他上前，禮貌地問：

「請問，三年級，忠班的教室，往哪走？」

其實，這間學校他很熟，進入校門往右走，拐個彎越過一排教室，經過籃球場時，雙眼不自覺多看幾眼。

操場上仍有學生上課，或打籃球、或繞場跑步、或玩足球、或打羽毛球。

根據校工指引，穿過操場過去，第二棟整棟都是三年級教室。

這時下課鐘響，不一會兒，學生們陸續跨出教室，一時之間走廊上充斥著人

第三帖

籃球場上的遊魂

潮。

劉彥辰很快就看到掛著三年級忠班的招牌，他走到教室門口，往內探看。

尋覓一會兒，全都是陌生臉孔，這時一位同學正要踏出教室，劉彥辰連忙問他：

「請問一下，你們班上有一位叫葉子昌同學？」

這位同學不語，忽地變了臉，瞪大眼望住劉彥辰。另外一位同學擠向前，大聲問：

「你說，你找誰？」

「葉子昌！」這次，劉彥辰提高聲音。

剎那間，距離近的幾位同學頓然停住交談，全都轉過頭來。好像，時間、人，全都停住了般，大家都看著劉彥辰。

氣氛特異，劉彥辰好尷尬，同時心裡升上奇怪感覺。

不知過了多久，旁邊這位同學開口，但聲音低低的：

「你是他的誰？找他幹嘛？」

「呃！我是他朋友。」劉彥辰道：「沒什麼特別的事，就是很久沒看到他，來看看他。」

另一位站的近的同學，粗聲氣的接口：

「不對喔！你不是他的朋友吧！」

嘿！什麼跟什麼，管太多了吧？——劉彥辰心裡超不爽，冷冷看他一眼。

旁邊這位同學，態度比較客氣，上下打量著劉彥辰，口氣緩和的：

「是他朋友，怎麼不知道他的事？」

「我跟他……就是球友，去年冬天，我們天天一起打球……」

話尚未說完，在場所有的同學們，俱都臉色發白、瞪大雙瞳。

站旁邊這位同學，倏忽跳開一步，跟劉彥辰保持更遠距離。

粗聲氣的同學，迅速走過來，原來他人也很高壯：

「你可以說清楚些嗎？」

「何俊泰！」旁邊同學意欲制止似揚聲。

高壯的何俊泰，轉頭粗聲氣地說：

「不想聽就走開，想聽就閉嘴！」

不料，大家都想聽，所以全都走過來，將劉彥辰團團圍在中間。

怎麼忽然這麼受歡迎？劉彥辰反倒有些訝異。

接著，劉彥辰細述起這個冬季的打球事情，還稱讚葉子昌精湛的籃球技術。

☠

說完，最後劉彥辰才說出今天到訪的目的：

「因為，我最後跟他打球的那個晚上，他好像生病了，很……很嚴重，我有些擔心，想說開學了，過來看看。」

忠班同學沒人接話，似乎有一團低氣壓攏罩著。

「請問葉子昌呢？他回家了嗎？」劉彥辰忽想起此行的目的，視綫往教室內尋找著。

態度比較客氣的那位忠班同學，輕聲說道：

「你想見他，可是他已經……」

何俊泰伸手，攔住同學底下的話，粗聲說：

「等我一下，我帶你去！」

周遭所有同學，不約而同轉頭，瞪大的眼中，帶刺的盯他。

他聳著肩胛，偏頭，輕鬆回望眾人：

「有興趣的，可以跟來！」

說完，何俊泰回頭收拾書包，隨便甩上肩，領先往外走。

劉彥辰跟在後面，一顆心七上八下，依他估量，何俊泰要帶他去醫院看葉子昌，這麼說來，葉子昌果然……

追上一步，劉彥辰問：

「他病得很嚴重嗎？是什麼病？但是他看來很健康……」

「別問，去了你就知道。」

劉彥辰只好安靜下來，走到前棟教室最末間，再過去是一排楝樹。走到中間一棵楝樹下，何俊泰左看、右看，調整一下角度，接著，丟下書包落坐在泥地上。

劉彥辰有些傻眼，何俊泰拍拍地上，示意他坐下。

劉彥辰坐下，投視著操場上眾人，有些醒悟的嘀咕著：

「哦……原來他會在操場打球？」

想不到，身後一小群忠班同學居然跟著來，紛紛坐在泥地上。

這個地點，算是操場上相當偏僻一隅，雖然可以看到操場上同學們運動，可是也未免太遠了，視線根本不適合。

劉彥辰把疑問擱在心裡沒敢問出來，大夥這一坐居然坐了幾個鐘頭。

操場上的同學們紛紛離開操場，一抹夕陽逐漸下沉，餘暉漸漸黯濛，最後整個天色都暗了。

抬頭仰望天際上的星星，劉彥辰想到：

之前跟葉子昌打球，不都是過了六、七點嗎？奇怪，要找葉子昌，不是該去他家嗎？難道他家有問題，同學不方便去？

有諸多疑問一直想問，最終劉彥辰還是沒開口，反正看到葉子昌本人再問他吧。

「咕嚕嚕……」不知哪個同學，肚子發出聲音，連帶的，大家都受到影響，有兩位同學耐不住，起身來揮揮手走了，最後只剩下七個人。

等待真的是最令人費心費力，因為不知道，何時會……

「啊！快看！」坐在劉彥辰後面一位同學，低喊著。

操場上，一團影子從操場彼端，移動著閃向籃球架下。

是對向的籃球架，所以距離很遠，加上影子很模糊，看不出輪廓，更看不出是誰。

「是葉子昌嗎？」劉彥辰低語著，說：「我們幹嘛不過去找他啊？」

「噓。」何俊泰突然拍著劉彥辰的腿。

劉彥辰更費解了，不是他們班的同學嗎？幹嘛要這樣鬼鬼祟祟地？還是……有什麼內幕？

身後傳來窸窣聲音，原來是同學悄悄移位，躲到楝樹幹後面。

影子舉高雙手作狀投籃，可是卻看不到籃球。

「在哪？我怎麼沒看到呢？」有一位同學悄悄問。

何俊泰轉頭，輕聲說：

「你可以這樣。」說著，他側轉身，扭回頭，略傾斜著頭，往下大約四十五度左右，眼睛斜著往操場看。

劉彥辰倒抽口冷氣——因為，上次無意間，他曾這樣看過葉子昌！

三位同學一起學著何俊泰的樣貌，望向操場……劉彥辰猶豫著，要不要跟著這樣做，就在這時，突然間三位同學一齊發出驚聲尖叫，叫聲引來操場上影子，停住投籃動作，轉望過來。

「唉呀！不好！快、快、快跑。」

何俊泰低聲說著，迅速抓起書包，起身想跑，問題是，他不知道該往哪個方向跑。

因為不管哪個方向，全都在操場四周範圍之內。

同學們都驚慌得亂成一團，有跟著起身欲跑；有拉著書包，不知所措；有急速躲入另一棵楝樹樹幹後。

但是，不管怎樣，他們的動作絕對比不上它！

它從操場那一邊，奔馳過來，眨眼間，已然奔近操場這端，奔近的同時，大家都看得一清二楚，沒錯！正是高個子的葉子昌！

他臉色煞白，木然，手提放在雙腰際，腳一前一後，做出「跑」的姿勢，整個身軀、動作全都靜止不動，可是身影卻無比迅快地往前而來。

這時候，何俊泰不跑也不行，他抓緊書包往操場另一個方向跑，有兩位同學跟在他後面跑，卻因為腿軟，跑得東倒西歪，數度要跌倒。另一位躲入棟樹幹後，還有兩位癱在原地，驚愕的渾身打顫無法動彈。

只有劉彥辰，不知該如何……

葉子昌奔馳近了後，突然轉方向，追向何俊泰等三個人身後，跑的慢的同學，回頭看一眼，撕心裂肺的大吼：

「啊——，他追過來了——」

何俊泰和另一位回頭看一眼，往前跑得更快，如果這是參加比賽，鐵定跑第一。

大家以為葉子昌是追他們三個，不料它居然停也不停，超越過他三個人，繼續往前奔馳。

癱著的兩位同學，其中一個拉著劉彥辰，用近似虛脫聲音，結巴地說著：

「快！快跑！我們快跑！不然它……」

話尚未說完，他已起身，沒命地跑向教室走廊。另一位見狀，跟著起身跑，一個不小心，跌了個狗吃屎。

始終發呆的劉彥辰真的無法了解，這到底是怎回事。

看大家跑得如鳥獸散，他也不知所措。不知呆了多久……等他意識清醒過來時，人已經站在ＸＸ高工校外門口。

劉彥辰走回家路途上，恰巧遇到了何俊泰，後頭跟著三位同學，他們滿臉青白，肩上背著書包，頹喪的步伐，顯示他們乏累得快掛了。

「嘿！好巧，遇到你們。」

「我們要搭車回家。」說著何俊泰朝他豎起大拇指：「你，真行！不怕鬼！」

「鬼？你說的是……」

「葉子昌！」

接著，何俊泰說出真相。

葉子昌是忠班籃球主將，三年級上學期的某天下課後，他又去操場打籃球，聽說打到將近九點多左右忽然倒地不起，跟著他打球的籃球隊員嚇呆了，又喚不醒他。

有人替他做急救措施，有人打一一九召來救護車。

糟糕的是，學校門口路很狹窄，救護車無法進來，救護人員只得再回頭去抬擔架過來，這一折騰，已經十點多，才順利把他送去醫院，可惜在送醫途中就死了。

聽說，是死於心臟麻痺。

但他家人向學校反應說，他死得很不甘心，如果在他倒地那一刻立刻送醫，

第三帖

籃球場上的遊魂

也許他就有救了！

有一天很晚了，班上同學仍在打籃球，葉子昌忽然出現在操場上，同學當然存疑，可是他自己說已經恢復健康出院回家，同學聽了當然替他高興，還跟著他打球。

可是打到一半，他忽然倒地不起。同學嚇壞了，跑到操場班邊，忙掏出手機打一一九叫救護車，但回頭一看，操場上居然沒了他的人影！

原來，他在重演死前倒地的那一幕！只是它死的時間是早上十點，但重演的時間則是晚上十點。

同學回家後發燒，足足病了三天。

接著，每到傍晚放學後，天色暗下來之際，總會出現一道人影，馳騁在操場上。不只是他們忠班，連其他班的同學都有許多人都看到它。

直到現在，喜歡打籃球，為籃球而送命的葉子昌，依然奔馳在ＸＸ高工學校的操場上。

看到的人，說法不一，有的說只看到它上半身；有的說，只看到一團飄忽影子，飛快地繞著操場；有的說看到它在打籃球……

不信的話，晚上，你可以去等待它出現！

見鬼之校園鬼話3

第四帖

詭園傳說

這裡是南部ＸＸ知名的大學。

踏出教室，同是外文系的方淑萍、魏安妮抱著原文書閒聊，後來聊起跟男朋友約會的情況。

「那一晚有月光，很亮，齁！妳知道，我心情超好。」方淑萍臉上充滿遐想。

「嗯！妳一定感到很幸福喔。」魏安妮笑著接口。

「當然，可是居然發生一件怪事。」

魏安妮專注的看著她，等她下文。

原來，校園西南邊，有一區塊開滿茂盛花朵，景觀非常美麗。那一天，男朋友有點事耽擱了，就約方淑萍到那裡等他。

方淑萍是第一次到這裡，剛到時，天空上烏雲翻飛，周遭時暗時明，所以月亮露臉時，可以看到各式漂亮花朵、草木等，忽然右前方有一坨暗黑，方淑萍凝眼望去，完全看不出那是什麼。

烏雲飛過，露出了明亮的月光，那坨東西因為月光而乍然清晰。

方淑萍看出，那是個小孩蹲在一株薔薇花樹下。

她感到很不可思議，這地方，這時間不可能會有小朋友呀！

「小朋友，你怎麼……」

話說一半，一片烏雲又橫飛過來，遮住了月光，周遭再度陷入一片暗濛。

等烏雲飛過，月亮又出現時，薔薇花下已經失去小朋友蹤跡，而這期間方淑萍的眼睛始終沒有移開。

方淑萍不相信自己會看錯，她還特地在附近繞走一遍，就是沒找到小朋友，只好再回原處。

忽然她聽到一陣輕微的窸窣聲響轉頭望去，一棵槐樹下有一坨東西。

是剛剛的小朋友嗎？在跟她捉迷藏嗎？或是……

方淑萍腦中浮起幾個問題，可是她沒動也沒出聲，就只是靜靜的站著。

藉著微弱的月光，方淑萍看到那坨小東西，果真是個小朋友，緊接著小朋友忽地立起身來。

看不出是男生或女生，方淑萍只看到他立起的身軀，愈長愈高，足足有個成人一般高。

好奇怪，只是一小坨的東西居然可以愈長愈高？

突然間，方淑萍後肩胛被人一拍，她整個人驚訝的跳起來，同時尖叫一聲。

這時烏雲散盡，她回頭望去，是她的男朋友。

「抱歉，嚇到妳，讓妳久等了。」

「喔！還好。」

「有什麼東西讓妳看的出神了？連叫妳都沒聽到？」

看到男朋友，方淑萍的心口如沐春風，周遭任何東西全被拋到腦後，她甜笑著：

「沒有啦，只看到一個小朋友。」說著，她伸手指向槐樹下，但樹下空空的什麼都沒有。

「小朋友？這時候？這個地方？」男朋友笑了：「看錯了吧，妳。」

方淑萍一聳肩，淡笑著。

之後，沒有風，沒有烏雲，天空一片明亮，是個適合約會的時間和地點，方淑萍和男朋友相談甚歡。

說到這裡，方淑萍露出幸福笑容。

「那，告訴我，那個地點在哪裡？」魏安妮嬌笑問道。

「怎麼？妳跟誰有約嗎？」

「就……我最近不是新加入吉他社團嗎？一位學長約我，可是找不到適當地點。」

「唉唷，咖啡廳、麥當勞不是都可以？」

「喂，那邊很吵，恐怕會遇到同校學生，不好吧。」

兩個女生說說笑笑的往學生餐廳去。

方淑萍透露給魏安妮的地點，果然是個好地方。白天樹蔭濃密；黃昏充滿羅曼蒂克氛圍；晚上，是個可以讓人生起濃情密意的約會地點。

這裡除了有各式花花草草，爭奇鬥豔，就連樹木也都茂盛又漂亮，最重要的，是隱密性高，有情侶特地取名：神祕花園。

魏安妮和學長沈永昌，第一次相約在神祕花園，立刻就愛上了這個地方，真的太美了！後來，他們數度都相約在此見面。

前兩天，沈永昌跟魏安妮約好，晚上七點神祕花園見。

第三天，吃過晚餐，跟同學哈拉一陣子，沈永昌看手錶，六點多，差不多了。

沈永昌別過同學，逕自往神祕花園而去。

一路走來，幾乎沒碰到熟人，不！應該說這時間沒有人會在外頭晃盪。

沈永昌跟魏安妮渡過浪漫的夜晚，他很晚才回男生宿舍。

次日晚上，沈永昌很晚才到學生餐廳用餐，裡面人不多，晚餐吃完時他一轉眼，忽然看到暗暗的玻璃窗外面，有一隻白色的手向他招了招。

他凝眼一看，是魏安妮。

他覺得有點奇怪，幹嘛不用手機 Line 他？何必親自跑到學生餐廳。還有，她怎知道他這麼晚了還在餐廳？他並沒有告訴她呀？

沈永昌左右看看，發現沒人注意他，就把餐盤送去回收，馬上跨出學生餐廳。

「嘿！妳會預測嗎？怎麼知道我的行蹤？」沈永昌笑開懷：「啊，我知道，這叫做心有靈犀一點通！」

魏安妮害羞地低下頭，笑了。

兩人按照老路線，一逕往神祕花園而去。

半路上，竟然遇到不該遇到的人——陳伯伯。他是整理校園的園丁。

看到沈永昌，陳伯伯臉現訝容：

「同學，你要去哪？」

「伯伯好，我隨便逛逛，待會就回宿舍。」

「就你一個人？」

沈永昌點頭，心裡存疑，他沒看到魏安妮嗎？也許他知道年輕人在約會，裝作沒看到吧？

真是個可愛的伯伯，沈永昌嘴角露出笑意，轉望一眼魏安妮，魏安妮也笑了。

走了幾步遠後，沈永昌腳步沒停，轉彎朝西南方向走。

陳伯伯在後面喊住沈永昌，沈永昌站住腳，轉身等他開口。

「同學，你可能不清楚，西南邊的花圃最好不要去。」

沈永昌靦腆笑道：

「為什麼？」

「嗯……」陳伯伯頓了一下，接口說：「你沒聽過嗎？」

沈永昌搖頭：「沒有！聽過什麼？」

「呃！沒事。我說這麼晚了，應該留在宿舍內看書。」

「我等一下就回宿舍了。」

說完，沈永昌繼續走他的。陳伯伯佇立在原地出神般的望住他背影，好一會，才輕搖一下頭走了。

當晚，回到宿舍時，同寢室的一位學長同學尚未就寢，沈永昌不經意地問他：

「學長，有聽說過校園內西南邊景觀不錯，是不是？」

學長露出奇怪眼光，反問：

「怎麼突然問起這個？」

沈永昌聳聳肩：「隨便問而已。」

「那邊那個區域最好不要去，一般也很少有同學會去那裡。」

「為什麼？」

「唔，我也是聽說啦，傳言整理校園的園丁，從來不到那邊整理花草，可是偏偏那區域的花草，都長得相當繁盛而茂密。」

「就這樣？」

學長點點頭，沈永昌無言的笑了，心想：好怪的傳言！

手機響了，是魏安妮，沈永昌按下開關：

「啊！真抱歉，我走得太匆忙，來不及跟你說。」

「什麼？」

「我臨時有急事，就……」

「妳在說什麼？我完全聽不懂。」沈永昌真是丈二金剛，摸不著頭腦。

「你……生氣了嗎？」魏安妮低下聲音：「我有Line你，打你電話但都是語音信箱。」

「我沒有生氣，也沒有看到妳的Line。」

「奇怪了，我可以讓你看我的手機。我說，我家裡臨時有事，要趕回北部去，沒跟你說。」

「妳是說，你現在有急事，要回北部？」沈永昌截口說。

「唉呦！不是啦，我說的是五天前的事，我剛剛才回來。」

沈永昌停頓好一下，理清思緒，緩聲問：

「妳現在在哪裡？」

「車站啊，我一下車就打給你。」

沈永昌吸口氣，緩聲道：

「等我，我馬上去找你。」

魏安妮正想拒絕，因為她就要回學校了，想說見面再談，哪知，沈永昌一下子就掛斷話線。

「嗯，意思是他急著見我？已經五天沒見面了。」這樣想著時，魏安妮唇角勾起一抹笑痕。

不到半個鐘頭，兩人已坐在車站附近的冷飲店。

魏安妮滿臉春風，兼帶羞赧，不斷偷瞄沈永昌，可是沈永昌臉神色嚴肅，語氣冷冽：

「妳慢慢說，說清楚些，到底是怎回事。」

原來，五天前兩人原本相約晚上七點在神祕花園見面，可是當晚魏安妮接到父親電話，說她母親突然昏倒被送去醫院，她聽了慌忙離開學校搭夜車回北部。

她媽媽住院檢查後，醫生說是貧血並無大礙三天後就出院，次日爸爸要上班，魏安妮多留一天陪媽媽，今天一大早，才搭車回校。

沈永昌愈聽，神情愈凝重。

「我有 Line 你，你都沒收到嗎？」說著，魏安妮現出手機螢幕。

沈永昌也拿出手機，上面完全沒有訊息，他低沉地說：

「所以，之前四天，妳都在北部？」

魏安妮點頭，反問他這幾天過的如何？

「我……這幾天……」不知道該從何說起，沈永昌沉吟一會，抬眼望她：「都跟妳在一起。」

魏安妮開心的笑了，表示自己在他心中的地位有份量喔！

「我沒有跟妳開玩笑。我一直依約到神祕花園跟妳見面，接著……」

沈永昌低沉說出前兩天的狀況。

魏安妮一雙大眼睜得圓鼓鼓：

「你、你沒有看錯？真的是我嗎？」

「待會兒去找園工陳伯伯，他可以作證！」

兩人很快回到學校，因為學校太廣闊，費了點勁才找到陳伯伯，他正在整理學校後面的花圃。

沈永昌提起那天晚上的事，陳伯伯臉上恍然大悟的：

「喔！是那天的同學？對對，我有遇到你。」

沈永昌欣喜地指著魏安妮：

「伯伯，我那天跟她走在一起，您也看到她了吧？」

陳伯伯看看魏安妮，攏皺眉心，搖頭：

「沒有吶！」

沈永昌的心，急突突的跳起來，一再解釋他跟魏安妮明明就是走在一起。

「沒有！我當時只看到你一個人單獨走過去。」

陳伯伯斬釘截鐵，但看沈永昌這麼急切，他不禁起疑，問：

「記得我跟你說過：『西南邊的花圃，最好不要去。』你是不是去那個花圃？」

沈永昌反問：

「可以請問伯伯，為什麼不能去？」

陳伯伯沒有回答，沈永昌問不出所以然，只好跟著魏安妮先走了。

☠

魏安妮懷疑沈永昌是跟另一位女生去神祕花園，這讓沈永昌百口莫辯，心情很糟。

他幾次打電話給魏安妮，想約她見面，她說五天沒上課，忙著跟同學借抄筆記，沒空！

沈永昌很想洗刷冤屈，可是不知該如何解釋，正頭痛哩！

「喀！喀！」

寢室內都沒人，怎會有聲響？忽然，又是一陣喀喀聲響起。沈永昌循聲望去，窗外一片黑暗，唯獨一隻顯目的白色玉手在敲窗口，接著，魏安妮的臉出現了。

沈永昌心裡一喜，她原諒他了？他連忙下床，奔向窗口。

男生宿舍在二樓，他迅速打開窗口，探頭外望！

是魏安妮的臉和手，她身體在一樓，脖子很長，長到二樓連接著臉，另外，手只到手肘，手肘以下空空的懸在半空中。

「哇——啊——」

驚吼著，沈永昌慌亂縮回、用力關上窗子、拉上布簾，這些動作一氣呵成，無比迅速。

就在這時，敲門聲響起，他被嚇一跳，可是，想到有同學回來，他安心不少，跳起身連忙去開門——

赫！魏安妮笑容可掬，俏生生站在外面。

他忘了一件事，同寢室的同學大家都有鑰匙！

倒退半步，沈永昌伸出手，指著她問，他發現自己的手，顫抖的很厲害：

「妳、妳……是假的？還是……」

話說一半，他低頭，看到魏安妮的腿只到膝蓋，以下是懸空的，膝蓋處腫脹、腐爛，不斷滴著墨綠、烏黑液體。

不必再說了，沈永昌立刻迅速甩上門，可以上鎖的全都鎖緊了。

安全了吧，沈永昌渾身冷汗如雨下，閉上眼，轉身靠著門深吸幾口氣，緩緩睜開眼……

「啊！啊！」沈永昌臉色驀地刷白，聲音卡在喉嚨，叫不出來。

坐在沈永昌床鋪上的魏安妮，還是滿臉笑容可掬，不見她開口，沈永昌卻聽到她柔婉聲音：

——幹嘛這樣怕我，我不會傷害你，我們去神祕花園好嗎？

沈永昌想搖頭卻無法動彈，腦中思緒泉湧：「她如何進來的，她不是真的為安妮，絕不是，不能跟她去。」

魏安妮款款步下床鋪，膝蓋的噁心液體，沿路滴著直逼近他，聲音依然柔婉：

——昨天、前晚，我過得很高興，我們約會。

沈永昌臉色慘然步步倒退，背著雙手，意欲開門，可惜就是無法打開，因為他剛才上了好幾道鎖。

打不開門，眼看她已逼近到眼前，沈永昌驚懼又害怕，整個人往下滑，癱坐到門板地上。

——來！我不會害你。

一面蹲下，她膝蓋、雙腿、逐漸沒入地板下，剩下腰部以上的上半身，就矗立在地上，對！看起來好像被活生生割截掉下半身的怪異狀。

親眼看到她這恐怖模樣，沈永昌都快暈倒了。

忽然，她俏麗臉龐乍變成黯藍色，抬頭盯望門，接著在沈永昌面前，一點點、一吋吋的縮入地板內，消失了！

沈永昌發出難聽的哭聲，這時候門被人用力敲著，嚇得他硬是吞回哭聲。

「喂！開門，開門啦！怎麼搞的！是誰鎖上門？」

是同寢室的學長聲音，沈永昌艱難爬起身狼狽的打開鎖。

之後，魏安妮輾轉聽說，沈永昌患了嚴重的病，常常發呆又會突然驚聲大叫，後來聽說他休學回家了。基於往日情份，她一直考慮很想去探視。

魏安妮和沈永昌在一起的那時，外文系另一位男生余典範，聽方淑萍說起神祕花園，饒有興味地直追問確卻地點。

方淑萍不懷好意的笑問：

「怎麼？有對象怕人知道？不然，幹嘛問起神祕花園？」

余典範生性內向，吶吶的回說沒有，手上則整理著筆記。

「不過我後來聽說，那個地方最好不要去。」

「是嗎？這樣的話，我更想去看看了。搞不好是個風光明媚之地。」

「不止喔，真的很漂亮，花開的好，樹葉綠的清新。」方淑萍說：「不過，說真的，得晚上去才有看頭。」

余典範被激起好奇心，下課拎起書本馬上往校園西南邊走。

到了目的地，余典範繞著花圃，走了半圈，最喜歡裡面一處隱密地點。

晚餐後，余典範按開手機，Line 給黃桂香。黃桂香是歷史學系的學妹。

「有個好地方，想邀妳共賞，有興趣嗎？」

「嗯，我在圖書館，要半個鐘頭後，才有空。」

「ＯＫ！等妳。」

關上手機，黃桂香心裡又是驚、又是喜，上回余典範邀她加入吉他社團，原來是別有居心。

闔上筆記本，黃桂香看一眼手錶，已經八點多了，她收拾一下，到約定地點赴約。

平常人多的場合，余典範都很木訥話不多，想不到在柔和月光下、樹影婆娑的地方，他居然滔滔不絕，惹的黃桂香嫣然巧笑。

接著，余典範收起話題，大膽的拉住黃桂香小手，說：

「裡面有個好地方，跟我來。」

黃桂香欲拒還迎，小手微微回縮，余典範反拉得更緊，兩人一前一後走到他白天尋覓到的一處隱密地點。

「哇！怎麼有一股香味？」黃桂香低呼道。

「呵呵！這就是我說的祕密地點。」

這裡真的很隱密，樹葉層層掩蓋，都把天空上的月光遮蔽住了，這當中一株桂樹開滿黃色小花，四下飄散著香氣。

「桂花樹，又叫木樨，花朵可做食品香料。」

「你怎麼知道？」黃桂香訝異極了。

「咦？妳取名桂香，難道不知道嗎？它是常綠喬木，有三種：桂樹、肉桂、桂花樹。」這些，其實是他早就查清楚了的資訊！

余典範拍拍樹下的平整石塊示意她坐，石塊不大，兩人落坐必須靠得緊些才坐得住。

「嘿！想不到，你念外文系，居然也懂植物學？」

「是因為妳的名字，才產生興趣。」

「你好謙虛喔。」

兩個人天南地北的談開來，完全沒注意到，不遠處的一株楝樹頂端，浮現出一張腐爛、五官殘敗、十根尖銳、彎曲的指甲，輕輕撥弄著楝樹葉，幾片發黃的樹葉，飄飄蕩蕩的往下飛落，恰巧落在黃桂香的肩膀上。

「妳看看妳身上多香？就連樹葉都要飄到妳的香肩了。」

余典範說著，伸手替她撥弄掉樹葉，這又惹得黃桂香巧笑倩兮。

「很奇怪，這麼美麗的地方，為什麼會阻止同學們來這裡？」余典範想起說。

「真的嗎？誰說的？」

「我系裡一位同學說，是園丁陳伯伯交代的。妳覺得呢？這裡？」

黃桂香沒聽說過，她點點頭：

「很棒呀！還有這麼香的桂花樹，不讓同學來，太浪費景觀了。」

「就是說啊，我們以後就約在這裡見面，可以嗎？」

黃桂香沒有應允，但她嬌笑的聲音，已然是默許之意了！

今晚微有陰雨，飄了幾滴，很快就收乾了。

余典範踏著潮濕的草地、飄落在地的樹葉，步伐有些急促，迅速往西南邊的神祕花園而去。

沒看到黃桂香吶？

停住腳，余典範旋轉頭，四下掃一眼，闃寂無人的花園，因為潮濕又暗顯得有點恐怖。

當然，心中有愛的人是不受影響的！余典範猜想，她應該在最裡面隱密地點等他，抬起腳，他繼續朝前走。

「呵！這個好看喔！」深林處忽傳出嬌俏聲響，是黃桂香！

余典範朝發聲處走，好半天沒有聲音，他也找不到蹤影。

繞著圈，余典範邊走邊睜大眼，仔細尋找。

「什麼？送我的？不好吧。嘻嘻！」

左邊傳來，余典範立刻轉左邊，走了好一段，也沒看到蹤影。

「嗯，這一定很貴吧？」

聲浪不高卻非常清晰。是右邊，他馬上往右而去，可是仍然落空。

意識到不對勁，他揚聲叫道：

「黃桂香！桂香！妳在哪裡？」

走了好一會，又傳來黃桂香的聲音，不高，很清晰，更像就在旁邊而已：

「不要啦！會被人看到。什麼，沒關係？」

余典範更加緊腳步循聲找去，他身上已經開始冒汗了，在這秋季時節，又值晚上，不應該流汗呀！

「好！好！我知道了。嗯！」

加緊腳步，余典範跌跌撞撞的鼓起全身力量，一邊高聲喊叫一邊跑。

很奇怪，此處園子範圍又不大，但他就像鬼打牆一樣繞不出去。

好一會兒，他累癱了坐到草地上喘氣，抬頭尋找……有了，他看到不遠的地方，有一顆楝樹，便起來小心翼翼的走過去。

楝樹再過去一點點就看到桂花樹了，樹底下有個人影，正是黃桂香坐在石塊上。

「桂香！黃桂香！」余典範喜極奔過去。

奔行兩步之際，余典範看到她轉過來的臉上一副青面獠牙，但只一下子，旋即恢復成黃桂香的面容。

「你來啦。」

余典範喘著氣，抹掉額頭汗水，左右四下巡視著：

「妳剛剛在跟誰說話？」

「你呀！」

余典範宛如被定住身形，他凝眼望著黃桂香，黃桂香笑著說：

「你不是去方便嗎？」

「我……」

余典範轉頭轉望周遭，周遭陣陣寒顫由四面八方襲過來，他把欲出口的反駁話，硬生生吞回肚裡，嚥口口水，他低調的說：

「我們走吧。」

「呀，這麼快？」

「嗯！」故作輕鬆的一點頭，余典範說：「明天教授可能要抽考，我得回去準備。」

黃桂香似乎沒注意聽，她舞弄著右手，還伸出手掌審視著。

「走了啦！」

「再坐一下嘛。你看！」

「什麼？」

「你這麼快就忘了？不會吧？」

余典範心不在焉，只想快點離開這裡，轉頭望望周遭雖然看不到什麼，但絲絲恐怖淒寒正攏聚而來。

黃桂香把手伸到他面前，他看到一只古銅斑剝的戒指套在她中指上。

「我很喜歡，應該是骨董戒了，很貴喔！」

「哪來這個？」

「你剛剛送我的呀！你說是婚戒。」黃桂香害羞地低下頭。

「沒有！沒有！我沒有送什麼婚戒！」心中吶喊著，口中卻不敢說，余典範整顆心顫慄著。這股顫慄傳導到他身上，二話不說，他迅速抓起黃桂香的手就往園子外面狂奔出去。

☠

聽到同學黃桂香為了一只骨董戒指而無法到校上課，病得必須請長假，方淑萍非常訝異。

余典範去黃桂香家探病，今天才到校上課，方淑萍遇到他，立刻找他談話。

余典範嘆了一口氣，說出黃桂香的遭遇，自從擁有戒指之後，她整個人都變了，瘋瘋癲癲，認不出人。

據跟她同寢室的同學說，她會對著空氣說話，還有各種表情，都是一副撒嬌模樣。最嚴重又可怕的，是她對著空氣說話時，兩隻眼眶瞪大兩倍，當中的眼瞳，會呈三百六十度旋轉。那表情真的很駭人。

一天她突然發瘋似大喊大吼，問誰偷了她的戒指，大夥都說沒有拿，她翻箱倒櫃，拼命尋找，最後在書桌後面角落找到了，她高興地親吻著戒指，直說它是她的生命，她的幸福，還告訴大夥說因為戒指，她必須嫁給他。

問她嫁給誰？她指著暗黑窗口外，說：「是他！妳沒看到嗎？他就站在窗外，看著我們呢。」

她們這層宿舍在三樓，窗外黑鴉鴉一片，被黃桂香這一說，大夥心裡都發毛。然後有幾次，同寢室同學在房內，浴室內沒有人，門卻無風而開。

還有人說在房裡念書，背後發涼，轉頭望向房門，應該是關上了的房門，這時卻是打開的，同學瞥到一抹黑色衣角在房門外一閃而過。

黃桂香的狀況愈來愈嚴重，余典範找她幾次，她都不太搭理，好像已經忘記曾跟余典範浪漫的約會了。

余典範很清楚，問題是那只戒指，他想把戒指丟掉，但黃桂香面容猙獰，額頭浮現青筋，雙眼睜的圓鼓鼓，細小眼瞳在眼眶內打轉，聲色俱厲地：

「拿走戒指，他馬上會找你算帳，信不信？」

余典範實在沒輒，只好打電話給黃桂香的家人，並送她回家去。

「那，回家後病好了嗎？」

余典範搖頭。

「我可以問你一件事嗎？」方淑萍問。

余典範點頭。

「你們倆……是不是到西南邊的花園約會之後，才發生這種事？」

沉默了一會，余典範點頭。

「那應該錯不了，知道魏安妮嗎？」

同是外文系，余典範當然知道她。接著，方淑萍說出魏安妮和她社團學長沈永昌的事件，沈永昌被送回家後，他家人帶他去寺廟拜拜，廟裡的人說他被鬼搞得精神異常。經過驅鬼儀式、治療後，已經恢復正常，這些是方淑萍聽魏安妮說的。

「是哪間寺廟，可以告訴我嗎？」

接著，余典範立刻去黃桂香家，跟她家人討論後帶黃桂香去那間寺廟拜拜。

明白事件來龍去脈後，寺廟住持心裡有數了，他說：

「問題在這只戒指，必須要把戒指埋入花圃處土裡還給它，再做一場法事，她病才會好。」

黃媽媽反問：「要不然呢？」

「最嚴重的可能，」住持看著神情異常的黃桂香，說：「是她會被帶去當它的新娘。」

黃媽媽猛吸口涼氣，立刻請住持幫忙救她女兒。

後來，到校園西南邊挖開土壤，赫然發現裡面有數具枯骨。原來，學校前身是墳場，裡面還殘留著荒塚枯骨。所幸，在寺廟住持做了一場超渡法事，被鬼纏上的同學們都恢復正常了。

見鬼之校園鬼話3

第五帖

活雕像

ＸＸ國中新學年開始了！林家華是新生，踏入學校時難免忐忑不安，她緊緊拉住姊姊林家燕的手。

林家燕就讀國三，算是老鳥了，她側臉看一眼林家華：

「不要緊張啦！妳看，」林家燕指著前面幾位新生：「人家都不怕，妳怕些什麼？」

「我……」其實說不出來原因，林家華只是很緊張。

「妳怕的話，我帶妳到妳的教室？」林家華點著頭，睜大雙眸不斷眨閃著，對她來說一切都是新鮮的。

這間國中學校，跟她以前就讀的國小差距很大，學校既廣大又雄偉，好像連同學們都特別高壯。

繞過草圃、運動場，再過去就是第三棟教室。

「喏！」林家燕指著遠遠第三棟教室：「我的教室在最末棟，前面第三間。」

林家華看了一眼運動場過去的末棟教室，點頭。運動場上有許多同學在打球；也有三三兩兩散走在運動場閒聊或正要往教室去。

林家燕帶著林家華轉向左邊的走廊，走廊很長，走不到幾步路林家華忽然聽到一個好像很遙遠、又微弱的聲音：

——呼呼……來了嗎？

林家華轉頭，四下張望，可是她跟姐姐身邊都沒有人。

兩人繼續往前，到了走廊一半時，前面有兩位同學擦身而過。

——呼呵……歡迎妳喔！

遙遠而微弱聲音再次傳入林家華耳中，她轉回頭，只看到兩位同學的背影。

「怎麼了？」

「姊，妳有沒有聽到說話聲？很輕、很細。」

「沒有呀！」林家燕轉頭，看了一眼有些距離的同學背影：「我又不認識她們，她們好像是二年級。」

走廊右邊是個小廣場，可以通到前面草圃，直行過去還是教室，林家燕拉住林家華，說：

「對了，來，來這邊。」

說著，兩人轉向右邊越過小廣場，廣場盡頭兩旁是美麗的花圃，當中一條走廊，走廊盡頭是一棟宏偉建物，高度比教室高出許多，長度更是約有三、四間教室長。

這棟建物關閉大門，而大門前兩旁有兩尊雕像。

因為學校有些年代，雕像跟著有點老舊，可是雕刻的徐徐如生，向前俯瞰的姿勢，猶如在瞪視著站在前面的人。

林家華不知道為什麼，打從心裡浮出一股冷寒，她拉著林家燕的手，微微後退。

「不用怕啦！它只是石頭雕刻的。」

「這裡……是什麼？」林家華轉頭四下張望一眼。

後面一棟左、右兩方都是教室，也可以聽到同學們喧嘩聲浪，但站在這裡，就是有著一股強烈的偏冷感覺。

林家燕笑道：

「這是我們學校的大禮堂，如果遇到下雨就會在這裡上體育課。」

林家華點頭：「哦！大禮堂呀？」

「走吧。」

隨著林家燕轉身，林家華也轉過身，但在她轉回頭之際，眼角忽然看到有陣閃光，一閃而沒！

林家華倏忽轉回頭——沒有，一切都正常！

閃光是雕像發出來？還是禮堂裡面有燈光？或是……後來林家華沒有多想，只是跟著林家燕走向前面教室。

☠

國一的新生活，充滿新鮮、樂趣、活力。林家華跟同學很快打成一片，有時

第五帖

活雕像

中午、或下課時她會跑去跟林家燕一塊用午餐或一起回家。

但林家燕是國三生，課業緊湊，下課後還要上輔導課，林家華有時會等姐姐，有時會自己先回家。

有幾次遇到下雨，體育課就在大禮堂上，有一次還遇到別班也是體育課，兩班合在一起上，就顯得大禮堂相當狹窄了。

一大票同學，嘰哩呱啦的幾乎可以吵翻大禮堂屋頂，過於熱鬧，林家華完全忘記第一天剛來學校時，對大禮堂的冷僻感覺。

這一天下雨，最末一節體育課，林家華的班級到大禮堂上課。

很快一節課就結束，鐘聲響起，老師宣布下課後，大部分同學都走了。

班長王曉萱提議比一場排球賽，問誰要參加。

今天林家燕要上輔導課，林家華跟她約好要等她，時間很充裕，她馬上舉手加入。

班上一共十位同學參加，一場排球比賽下來，天色已經暗，不過雨也停了。

林家華跟著同學們收拾著，忽然眼角閃出一抹光芒，她抬眼望去。不見任何光芒，倒是她站立的地方，斜著望出去的角度剛好看到雕像。

倏忽間，雕像動了一下！

是錯覺嗎？林家華眨眨眼，眼睛再次聚焦看仔細。

外面昏暗的天光，依稀有些微濛濛亮，原來剛剛下過雨，雕像後面沾了水珠的樹葉隨風飄動。

忽然，林家華背後被推了一下，她嚇一跳，回頭望去，是江綠雅，她問：

「叫妳都沒聽到？看什麼看出神了？有帥哥嗎？」

呼了口氣，林家華瞪她一眼：

「有鬼啦！真會胡扯！」

「啊，哈！有鬼？在哪？在哪？」

江綠雅旁邊的謝麗珠誇張地大聲問，惹得其他同學紛紛轉望過來。

話出口，林家華有點後悔，不過自尊心讓她繼續回道：

「在外面，妳害怕了？」

「喂喂喂，」膽小的江綠雅立刻出聲：「已經晚了，不要亂講。要不要一起走？」

林家華聳著肩膀：「跟我姊約好了，我等我姊。」

江綠雅聞言改約謝麗珠，因為她喜歡找伴一起回家。

班長王曉萱提著自己物品走向林家華，看一眼禮堂外面，低聲問：

「家華！妳是有聽到些……什麼嗎？」

林家華不置是否，只聳一下肩膀。

「我聽說……是別班同學說。」王曉萱支唔著，又看一眼外面。

林家華這才點頭，輕聲道：

「嗯，我姊告訴過我……」

其他幾位同學，一齊湧過來，連江綠雅、謝麗珠也靠近，有人想聽八卦，催她繼續說下去。

「我姊說，千萬不要單獨留在大禮堂。」

「為什麼？」

林家華搖頭：「不知道。」

「我是聽說過……」

王曉萱一開口，大夥馬上轉移陣地，頻頻催問她。王曉萱又看一眼外面，退了一步，意欲躲開雕像。

「拜託啦！怎不敢說下去？奇怪了，一向快人快語的班長消失了？」謝麗珠催促道。

王曉萱看一眼謝麗珠，牽動腮紋：

「我知道妳膽子大，可是聽了這件事，恐怕妳會睡不著！」

謝麗珠抬高頭，驕傲的冷哼一聲：

「我不信，這世界沒有能讓我睡不著的。」

「好了啦！班長，妳就趕快說，嚇死她吧。」其他同學紛紛插嘴道。

王曉萱聲音壓得更低：

「別班同學說，外面兩尊雕像……是活的！」

大家沉默好一會，似乎恐怖氛圍一下子升到頂點。

忽然，謝麗珠噗嗤笑了，拍拍自己臂膀：

「活的嗎？跟我一樣？是血肉之軀？呵呵……」

沒人接話，但不以為然的眼神全都望向她，她反倒有些不好意思。

畢竟只是國一生，大部分同學還是膽小、敬神、怕鬼。

「好了啦班長，妳就快說，到底聽到什麼啦？」

在大家催促下，王曉萱才說出……

據說，這已經是前幾屆的事了。一位學長——廖利達，喜歡打球，是籃球隊隊長，跟另一位打前鋒的同學——莊學儒，幾乎每天都會一起練習打球，天晴當然就在操場；可是遇到下雨時，他們轉就移陣地改在大禮堂。

不過，大禮堂有時間限制，好像八點就要關門。

有一陣子，他們要跟校外友誼賽。雖然是友誼賽，但大家也希望能打贏，所以更加緊練習。

學長找體育老師商量，比賽前他們要借大禮堂半個月，老師答應了。

因此，他們幾乎每天都練到快十點才解散。

某一天，大家都走了，唯獨廖利達和莊學儒留下繼續練球。

練到約十一點，兩人收拾完畢，正關上大禮堂要走出去時，莊學儒忽然大呼道：

「奇怪！」

「什麼？」廖利達轉身問。

「你看它！」莊學儒指著右邊雕像。

廖利達看不出什麼，只搖搖頭。

莊學儒又指著左邊那尊調像，反問他：

「不一樣吧！」

所謂有比較，才看得出不同處，廖利達仔細看，果然看出來了。

左邊雕像是面向正前方；右邊雕像，則是以約四十五度背對左邊雕像。

就是說，右邊雕像是轉向右面，望向草圃的方向。

廖利達鎖上大禮堂的門，隨口說：

「那又怎樣？」

「你記得這雕像原本就是轉這個方向嗎？」

廖利達一心一意都在籃球上，沒注意其它，他搖頭：

「不知道，也許它本來就是這樣。」

莊學儒偏頭，卻始終想不起雕像轉哪個方向，或許是平常沒注意吧。

離開大禮堂，他還頻頻回頭看雕像。

第二天莊學儒是值日生，一早到校就忙著值日生的工作，進出教室時會經過大禮堂。遠遠的，他不經意轉眼望向大禮堂門外的兩尊雕像！很快的，他就發現了不對勁！

「阿水，」莊學儒跟身旁的同學說：「等我一下，我去去就來。」

阿水莫名其妙的在原地等著。

莊學儒往前跑到雕像前……其實，不必仔細看，因為非常明顯，左、右兩邊的雕像，不偏不倚，都是面向正前方，微微俯瞰。

莊學儒抬頭仰望，整個人像定住了似！

☠

站在後面的阿水，看到莊學儒站在雕像前發呆，阿水也跟著轉望雕像——

只見雕像徐徐如生，向前俯瞰的姿勢，恍如也盯望著莊學儒，接著阿水眼睛一花，看到右邊的雕像，周身分化出另一道線條……

就像原本跟雕像合在一起的個人，脫離出雕像，它周身都呈透明，沒看出它用走的，還是用飛的。總之，它就是移向前，然後整個消失在莊學儒身上……合在一起。

阿水的嘴巴張得合不攏，聲音卻卡在喉嚨裡，只剩視神經管用。

他看到莊學儒渾身打個顫抖，轉過身，走過來。

有這麼一剎那，阿水看到莊學儒的臉……居然，居然是雕像臉！

還沒等莊學儒走近，阿水丟下手上工具轉身就跑回教室。

當天，莊學儒整個人都變得很奇怪，嘴裡不斷碎碎念，沒人聽懂他在念些什麼，還有，向來運動神經很靈活的他，竟然動作開始變得很僵硬。

中午，廖利達約籃球隊同學們去操場練球，莊學儒不斷頻頻出錯，甚至連發球都沒辦法。

「喂！你幹嘛？哪裡出問題了？」廖利達揮拳，打一下莊學儒臂膀，竟然發出哀叫聲：「喔喔喔！好痛，好痛！」

廖利達猛甩著手，同時另一位打後衛的同學不信，露出不屑眼神：

「拜託！隊長，你有這麼嫩嗎？」

說著，打後衛這位同學突然伸手，用力拍向莊學儒。

誰知，愈用力，手愈痛。莊學儒轉身，輕輕揮向同學，同學像被岩石敲到，痛不欲生。

接著，莊學儒轉身，提起手一拳打中廖利達。廖利達唉唷大叫著，想回手，忽然發現不對勁！

莊學儒面容不帶血色的呆滯，雙眼黯澹無光，神情……對！神情就像雕像，死氣沉沉！

廖利達愣怔著，莊學儒又轉向另一位同學，準備動手，廖利達大叫著：

「快閃，他好像中邪了。」

其他人都無法意會發生什麼事了，就站著發呆，莊學儒持續打了兩、三位同學，他都是輕輕揮碰著，但同學們卻受不了似的哀聲慘叫。

「大家快跑！」

「快！快去找老師！」廖利達大叫著。

霎時，宛如見鬼般，同學們紛紛作鳥獸散，很快的體育老師和班導都來到操場，只見莊學儒像遊魂，直挺挺地，動作僵硬而遲緩，兼還同手、同腳，越過操場，往大禮堂行進。

說到這裡，王曉萱深深呼了口氣，看著大家，江綠雅擠在同學中間，輕聲問：

「後來呢？」

王曉萱說，老師緊急送他去醫院，通知他家人，好像醫生也查不出甚麼毛病，後來，莊學儒家人帶他去問神、求菩薩，過了好幾個月，他才來學校繼續上課。

「好了！故事說完了，下課嘍！」

說著，王曉萱拍拍雙手，提起書包，其他人也紛紛抓起書包，準備閃人了。

關上大禮堂的門時，大家都特意看一眼雕像，謝麗珠還是一副大辣辣狀，故意向雕像一鞠躬：

「你好，我們要下課了，掰掰！」

「妳不要這樣啦！」看一眼雕像，林家華對謝麗珠說。

禮堂外暗幽幽一片，這時候的雕像看起來真的帶著幾分詭異樣貌，謝麗珠歪一下頭，也算是點頭之意。

一大早，林家華就拉住同學，急於把所知事情告訴她們。

「我逼問我姐姐，她才說出有關雕像的事。」

說到一半，王曉萱和江綠雅走過來，謝麗珠回頭，向她倆招手：

「快過來，有新的訊息。」

等兩人走近了，林家華繼續說下去：

「我姐說，一個人不要單獨留在大禮堂，因為雕像會動！還有，最好不要跟雕像對上眼。」

「甚麼意思？我聽不懂。」

「我姐說，不要直接看左邊雕像的雙眼，它會找上妳。」

「真的？」王曉萱歪頭說：「我聽別班說，是右邊雕像呢，到底是哪一邊？」

「哈！哈哈……」膽大的謝麗珠立刻接口：「簡單！我們去調查真相。」

其他三個人愣住，妳看我、我看妳。

「我想，還是不要吧。講真的，我第一天到學校來就……」

林家華說出第一天到校時，曾聽到兩次遙遠而微弱的古怪聲音。聽完，謝麗珠又開口說：

「嘿！既然這樣，妳就更要調查一下，查清楚了免得心理存個疙瘩。」

說著，謝麗珠看著王曉萱，繼續用話激她，說什麼班長要有責任、有膽子，更要查出到底是左邊或是右邊雕像有問題，況且，約好四個人白天一起行動，就算真有什麼，四個人加起來，有什麼好怕。

「嗯，好吧。」

王曉萱終於點頭，還說服膽小的江綠雅，於是四個人說定，就從今晚開始！

接著，王曉萱拿出紙、筆，擬妥四個方位，誰要躲哪都一一加以說明。

今天天氣算還好，大禮堂沒有人上體育課，不過有老師帶著十幾位同學在裡面。

等他們離開後，她們四個人，就以王曉萱佈妥的計畫躲在暗處觀察。

到了十點整，沒發現什麼異狀，四個人就回家了。

第二天開始，分別早、晚各觀察一次；第三天早上觀察過，等到晚上又繼續。

王曉萱躲在雕像前的右邊，她看一下手錶，將近十點了，準備收兵。

忽然，她聽到低低的呼喊聲，是林家華的聲音！

她先轉頭看一眼躲在左邊草圃間的林家華，再轉頭望向前面的雕像。

赫！左邊雕像，變成略為歪向左面，但它還在繼續緩緩的轉……越過林家華、轉到江綠雅躲藏的方向，才嘎然而止。

其他三個人全都屏神戒備，但江綠雅可沒辦法屏神，她冷汗如雨，渾身顫慄，導致草叢簌簌搖晃。

過了好一會，雕像的手徐徐抬起，向江綠雅方向揮招著……

大家都搞不懂，它在幹嘛？

接著，雕像雙眼發出閃芒，閃芒像探照燈，雖然不很明亮，卻清楚的射向江綠雅所在的草叢，一閃而沒！

接著，她三個人看到江綠雅徐徐起身，呆呆的直行，往左邊的雕像走過去。

她們三個人心裡急得像熱鍋上的螞蟻，在想她幹嘛起來？又為何要往雕像走過去啊？

王曉萱猶豫著要不要阻止江綠雅，另一邊的謝麗珠矮著身軀，偷偷爬到王曉萱身旁，惶急地：

「怎麼辦！怎麼辦？」

王曉萱一顆心，凸凸亂跳，天人交戰的煎熬不已。

林家華跌跌撞撞的奔向右邊來，她因為害怕，紅著眼眶聲音哽咽：

「班長！妳不是說，四個人同進共退，趕快救江綠雅啦！」

「噓！」

輕喊一聲，謝麗珠把林家華往下拉，導致林家華摔倒在草地上，發出沉悶的墜地聲響。

這時候，雕像緩緩、緩緩地一轉、一頓，再轉頭望向她們三個人所藏方位。

王曉萱和謝麗珠正不知所措之際，這時，她們倆看到右邊的雕像，居然也開始徐徐轉動，朝向她們三個人望過來！

王曉萱張著大口，心中又急、又怕，反倒不知該怎麼辦。

謝麗珠膽子大，可是這時候也怕的不知所措！

「我們……快逃！」

林家華一句話，點醒她們兩人，王曉萱和謝麗珠雙雙站起身想逃，但是雙腿卻痠軟無力。膽小的林家華，竟然沒忘記江綠雅，即使害怕，她還是惦記著她。

第五帖
活雕像

林家華上，下齒顎，喀喀打著寒顫的說：

「快！快啊！我們要把江綠雅救出來。」

就在此時，突然一聲「咕咚！」傳來，凝眼望去，原來是江綠雅直挺挺地倒在草地上！

「快！」林家華迅速說道：「我們要趁雕像還沒轉向我們，趕快去救江綠雅一起逃！」

「這、這樣會來不及逃。」謝麗珠結結巴巴的說。

「不行！班長，快點，我們……」

王曉萱額頭冒冷汗，猛吸口氣，朝林家華一點頭，兩人互相扶持著，快步走向江綠雅倒臥處。

謝麗珠眼看剩下落單的自己，急急忙忙欲跑卻跌倒，只好以狗爬式，轉身自顧往後奔跑。

兩個人有伴，王曉萱和林家華漸漸克服了心理的害怕感，兩人半蹲伏著，移向江綠雅，王曉萱還一邊注意著雕像，冀望在它轉向她們兩人之前，趕到江綠雅旁邊。

好在雕像速度始終是遲緩地慢轉，兩人到達江綠雅身邊，林家華連忙拍她臉頰，拍了好一陣，江綠雅微睜眼皮，看到林家華，她似乎放下心地呼出一口氣：

「妳……我們安全了嗎？」

「噓！不要出聲。」林家華掩住她的嘴，低聲催促道：「妳可以站起來嗎？快！我們得快逃。」

聞言，江綠雅連忙起身，她感到很奇怪，自己怎麼了？為何會躺在草地上？

「啊——哇——」突然間，王曉萱發出尖叫，仍勉強自己壓制著聲音。

林家華和江綠雅轉頭看她，她一手掩住張大著的嘴，一手指向前。

她三個人的方位，正是左邊雕像正前方，這個角度可以看到右邊雕像側面，原本它直視正前方，可以算是零度，因為雕像緩慢轉向左邊，這時候它大約轉到二十度左右。

王曉萱指著右邊雕像背後，那裡站了一道黑影，雙手緊緊扶住雕像，雙腿叉開，那姿勢分明就是卯足全力，在……轉動雕像！

三個人硬擠成一堆，睜大雙睛看得一清二楚，好半天，王曉萱鎮定些了，她才開口，低聲說：

「我知道了！原來有人在搞鬼。」

林家華和江綠雅一齊點頭，三個人膽子壯了起來，既然是有人搞鬼，那還有什麼好怕的呢？

王曉萱迅速拉著其他兩人，令她兩人蹲下草叢中，低聲說：

「躲好，不要讓對方知道，我們已看到他在搞鬼。」

林家華、江綠雅同時點頭。但是，江綠雅剛剛昏倒，膽子又小，顯得有些虛弱，林家華低問道：

「班長，妳打算怎麼做？」

「把他揪出來！」王曉萱恨恨地說：「看看是誰那麼白目，搞鬼嚇人！」

說完，王曉萱轉頭尋找了一下，卻看不到謝麗珠的蹤影。

「怎麼了？妳找什麼？」

「我以為她膽子大，居然落跑了。」王曉萱轉回頭：「妳們兩人可以嗎？」

「可以什麼？」

「我們上前，出其不意抓住他！」王曉萱指著雕像後的黑影。

「然後呢？」林家華問。

這話可問住班長了——打他？或是把他押到老師那？都已經快十一點了，老師都回家去了，留校的校工又沒公權力罰他或什麼的。

沉默了一會，王曉萱和林家華同時看著江綠雅，她虛弱又顯得神情破敗，聽到要抓黑影，更是表情慘淡。

「江綠雅，妳可以嗎？」王曉萱看她，又轉向雕像背後的黑影。

江綠雅猛搖頭，幾乎快掉下淚來了：

「我、不……我們為什麼不等白天，再……再來抓他。」

「唉唷！妳還真不是普通的笨，白天他敢嗎？」王曉萱霹靂啪啦的接著說：

「我擔心放過今天，或許明天就抓不到他了。」

就在她三個人猶豫不決之時，林家華忽然低聲呼道：

「啊！快！快看，他……」

王曉萱和江綠雅同時轉眼望過去，方才的黑影已然不見了！

王曉萱站起身，四下尋找起來；林家華也跟著轉頭巡視著，接口說：

「他跑掉了啦！」

這時候，江綠雅呼出一口氣，整個人因為頓時放鬆，跌坐到草地上。

江綠雅拉拉王曉萱群裙角，虛弱地說：

「我們還是快離開這裡吧。」

「妳怕了嗎？就說是人在搞鬼，根本沒什麼鬼，有什麼好怕？」

不知道是膽小？還是敏感度比較強，江綠雅看雕像，立刻轉開視綫說：

「妳們沒注意到嗎？左邊的雕像，好像還繼續轉動，快離開吧，我很不舒服。」

因為太晚了，林家華也同意閃人，王曉萱不得不同意了。

謝麗珠被王曉萱罵了個臭頭，後來聽說是人在搞鬼，謝麗珠除了驚訝外，立刻祈求將功贖罪。

原本，王曉萱在猶豫要不要告訴老師，但謝麗珠激烈反對，她持的理由是，都沒有證據，要怎麼跟老師講？不如抓到人，有了證據，再跟老師報告比較穩當。經過商議，她四個人決定繼續祕密調查。

白天，雕像看來平淡無奇，根本看不出什麼，也完全沒有被移動過的痕跡。獲知消息的林家燕，自告奮勇要加入調查行列。

下個禮拜就要段考，老師留了好幾堂的自習讓學生溫習功課。

連續四天都沒任何發現，第五天，也就是週五晚上，最末一節又是自習，王曉萱等四個人，無心念書，因為沒有抓出搞鬼者，大家都無法安心。

下了課，打掃完，大部分同學們都回家，不久林家燕也來會合，五個人照前幾天的安排，到各自預定的方位躲好。

王曉萱的計畫，如果今天沒有抓到，就只好等下、下個禮拜，也就是段考完再繼續。

時序已進入深秋，今晚落葉特別多，風特別淒寒，五位同學拉緊外套，專注守候著。

快十點了尚無動靜，就連會動的雕像似乎也被寒冽秋風給凍住了。

躲著的人互打個暗號，十點整就要閃人，這是預先說定了的。

謝麗珠看一下手錶，十點了，再抬起頭之際，她猛然吃一驚！

因為想將功贖罪，也要表示自己膽子大，陳麗珠藏在雕像的側面，不足三公尺，視野佳又很近雕像。

這會兒，沒聽到腳步聲，居然看到一個人，霎那間出現在雕像後，他正伸出雙手……

謝麗珠沒有出聲，她準備來個人贓俱獲，這個人橫跨著雙腿，看來動作緩慢，卻能很快就抱住雕像，開始使力……

太好了，謝麗珠就要揚聲時，猛然被人狠撞得快倒地，好在她馬步很穩，轉頭要罵，卻見王曉萱白著臉，張口結舌的發著抖……上下齒顎打顫的聲音都聽得到。

「耶！班長，妳……」

王曉萱猛然出手，掩住謝麗珠的嘴，一手指著那個人，謝麗珠循她手指望去……

推雕像那個人，竟然是背對著雕像，雙手是反向抱住雕像，橫跨的腿，只到膝蓋，以下是空的，沒有小腿、沒有腳。

可是剛剛謝麗珠看到的，是個正常的人！

謝麗珠詫異的出聲：「怎會這樣？跟我剛才看到的不一樣呀！

她話才說完，這個人轉頭，望向她和班長——兩人同時看到一張猙獰鬼臉，額頭冒出兩隻犄角，橫眉怒目，四方形大嘴往兩頰裂到耳朵，兩隻獠牙外露。

「啊——呀——」

兩人一齊發出撕心裂肺慘嚎聲。

再說，躲在另一邊的林家燕、林家華在九點五十六分時，撿起地上書包，準備要走，躲在較遠的江綠雅，蹲矮著身子移過來，抖著聲音：

「妳、妳們沒看到它嗎？」

「看到誰？在哪？」林家燕姐妹雙雙轉頭，望向雕像。

只見雕像上面，分化出一道暗濛微透的身影，它走下雕像，從它身軀可以透視到它後面的雕像、樹木、草叢。它向她們三個招手，發出咕嚕古怪聲響：

——呼呼……來了嗎？歡迎妳唷！

林家燕和江綠雅步步後退，唯獨林家華反倒走向它。

頻後退的林家燕猛伸出手，拉住妹妹衣服，不料，衣服被撕下一角，林家華還是持續走向它。

「家華，林家華！妳給我回來！」林家燕和著哭聲，高喊著。

她不敢向前，偏偏江綠雅拉住她，手勁力道又出奇的大，兩人一逕後退，看到林家華走近它，她更是心急如焚。

林家華神智迷魂了，還是繼續往前……

☠

次日，王曉萱和謝麗珠被發現雙雙躺在大禮堂前面的草埔上，林家華則怪異的俯趴在另一邊雕像上。

據說，林家華後來辦理休學，沒再到校上課，王曉萱和謝麗珠在家休養了一個禮拜後，才回學校上課。

對於雕像之事，她們都絕口不提，也絕不會單獨到大禮堂。

據說，校內的兩尊雕像，依然屹立在大禮堂門外，依然俯瞰著學生們。

據說，剛進校的新生們，會被學長引導著說：看！雕像是活的！

第六帖

實習工廠的焦影

酷熱而長的暑假，終於結束了。

今天是開學前，最後一次的返校日。

這裡是二年甲班，機車修護科，因為太久沒見面吧，同學們都有說不完的事情，所以整間教室鬧哄哄地好不熱鬧。

林鴻興把玩著手機，不時會抬眼看一下教室外面。

忽然，背後被人戳了一下。林鴻興視線依依難捨的離開手機，回頭望去，是王凱富。

「嘿！怎沒看到你麻吉？」

「發音標準一點，好嗎？是嘛吉，不是麻吉！」

「唉，何必那麼計較？反正都差不多呀。」

「差很多！麻吉聽起來很肉麻。」

王凱富居然呵呵笑了起來，笑得超詭異，林鴻興瞥他一眼，繼續玩手機。

不一會兒，班導徐萬青進來教室才安靜下來，先是一番開場白，接著點名。

全班都到齊，唯獨丁昆來缺席。

徐萬青問：

「誰跟丁昆來熟悉？」

多嘴的王凱富立刻出聲：「班導，林鴻興啦，他跟丁昆來是麻吉。」

林鴻興瞪他一眼，徐萬青叫到：

「林鴻興，你知道他為什麼沒來？是不是忘記返校日了？」

林鴻興搖搖頭，事實上他兩人一個住南、一個在北，相距很遠，只因平常話投機，在校時就走得近。

「可以麻煩你通知他一下嗎？」

受不住同學們灼切的眼光，林鴻興很快點頭，才結束尷尬的這一刻。

原來兩人走得近，早有同學故意鬧說他們兩是不是有問題。

下課回家後，林鴻興馬上Line丁昆來。

結果，沒有回音。

暑假時，林鴻興曾跟丁昆來約過幾次，一次是去看電影，一次是電腦展，還有一次去逛東區。

其它時間，大家都各忙各的。

晚上，林鴻興跟平常一樣時間上床，可是今天翻來覆去睡不著。這時節天候乾燥，他渴了便下床。

家人大概都睡了，他走到暗濛濛的客廳，倒杯水，一口氣喝乾才放下杯子，突然耳際忽傳來一聲輕嘆。

他轉頭四下巡看，以為是哪個家人也起床……

「喀喀……」客廳大門響起敲門聲。

神智與眼睛都有些迷糊了的林鴻興，想都沒想，立刻去開門。

門外乍立著一道黑黑的影子，林鴻興有點意外，卻也沒多想，睜大眼望去。

竟然是……

「靠！丁昆來！怎麼是你？」

林鴻興忽然神采奕奕地馬上把他帶進客廳，伸手就要開燈。

「不……不要開燈，會吵到人。」

他說的有理，林鴻興垂下手，兩人坐在客廳。

「我賴你也不回，你是怎樣？今天是返校日你怎沒來？」林鴻興霹靂啪啦的問著他。

丁昆來一直沉默著，等林鴻興話說完，他徐徐抬起頭，幽忽嘆了口氣——非常輕微。沒注意的話，就不會聽到。好一會兒，丁昆來聲音飄忽的開口：

「我們很談得來。如果……哪一天，我……」頓了好久，他繼續接口：「告訴我，如果我……能來找你嗎？」

林鴻興根本沒聽清楚他在說些什麼，一逕的點頭：

「耶！老大！你說話幹嘛吞吞吐吐啦？你找我、我找你，有差別嗎？」

停頓一會兒，林鴻興忽想起，忙問：

「你是遇到困難嗎？可以說出來聽聽。」

「唉……」這長歎，既無奈、又感焉，只見丁昆來垂下頭，搖了搖，不語……

朱美芳打著哈欠，步出客廳，忽然大聲喊道：

「啊！阿興！你怎麼了？」

被驚詫喊聲驚醒，林鴻興慢慢睜開眼，頓感到腰際異常痠痛，他起身試著轉動身軀：

「喔喔……好痛！」

「你怎會睡在這裡？」朱美芳揚聲問。

「我也不知道，啊！對了，我同學昨晚來找我。」

「幾點？我怎沒看到？」朱美芳滿臉不信神色。

「媽！妳睡了吧？我也不知道幾點，他坐這裡，我……」

林鴻興指著沙發角落，忽然頓住話。沙發角落有一團黑烏屑屑，朱美芳擰眉看著沙發。

「老大不小的人了，是怎麼弄髒沙發，還編故事喔？」說著，朱美芳往廚房而去。

什麼跟什麼？林鴻興雙手做出無奈狀，拍拍沙發，呃！居然拍下一把灰黑屑。

「真是，這黑屌分明就是證據嘛！」

他回房拿起手機，馬上Line丁昆來，卻沒有下文。

一整天下來，他總共Line了數十則訊息，不讀就是不讀，氣得他差點摔掉手機。

最後，不得不放棄了！

他老爹林森木看不下去，召他來問：

「昨天你同學真的來過？是不是你在作夢？你同學跟你說了些什麼話？他長怎樣？拿他的相片給我看看。」

林鴻興按出臉書，讓老爹看丁昆來跟他合照的相片，同時，他一一回想……呃！

居然忘記丁昆來說了些什麼；還有，整晚好像都沒看到他的臉；還有他叮嚀不要開燈，怕會吵到人……

聽了，朱美芳、林森木兩夫妻對望一眼，朱美芳笑了：

「所以，我說一定是他做夢或者夢遊。」

林鴻興陷入苦思，就是想不起丁昆來的一言、一行，還有他的臉。

「好啦！既然這樣，就不要勉強。反正下週一就要開學了，去學校總會遇到同學吧！」

第六帖

實習工廠的焦影

「對啊！到時後你再當面問他。」朱美芳接口。

林森木說：

「嘿！搞不好，你同學那天也一樣作夢，夢見來我們家跟你說話吶！」

無頭公案，也只能先這樣了！

林鴻興聳聳肩，自去忙整理書包、書本。

第二天下午，林鴻興手機接到王凱富電話。

「喂！告訴你一件奇怪的事。」

「嗯？什麼奇怪事？」林鴻興不太起勁地問。

「昨晚，我夢見了丁昆來。」

林鴻興差點失笑，這有什麼奇怪的呢？他故意酸王凱富，學他口吻說：

「是喔！是你的麻吉，當然會夢見他嘍。」

「喂，不要這樣，你知道我夢見他怎樣嗎？」

林鴻興搖頭，沒出聲。

「他就站在我家門外，低著頭也不說話，叫他也不應，是怎樣？」

「你問我，我問誰啊？」

「我正想問你，你有跟他聯絡過嗎？」

「沒有！」

「你不覺得很奇怪？要夢見也該是你夢見，怎會是我？」王凱富愈說愈激動，也愈大聲。

林鴻興發出輕笑，沒答話。

「啊你都沒跟他聯絡？」

「有呀！他沒接。也許他家裡忙吧。」

「嗯，有可能，可是……」

林鴻興輕描淡寫地接口：

「明天就要開學了，你等著明天去問他吧。」

按掉手機，林鴻興心中難免升起一股疑惑，從沒發生這種失蹤事件哩！

不過，反正答案明天就會揭曉了！

☠

早自習過了，第一節課過了、第二節是班導徐萬青的課，又點不到丁昆來。

「林鴻興，你有跟他聯絡嗎？怎麼今天又缺課了？」

「有啦！但是他都沒有回我。」

徐萬青點點頭，接著繼續上課。

同學沒到校，大家的日子還是一樣過，只有林鴻興偶而會望一眼丁昆來的座位。

第六帖

實習工廠的焦影

第三天早自習時，徐萬青突然急匆匆的踏入教室，有人抬頭、抬眼；大部分同學則乃繼續看書、滑手機。

「各位同學，剛剛老師接到一個不幸的消息。」

聞言，所有的同學目光齊聚著徐萬青，只聽他繼續說：

「上週五，也就是返校日那天，丁昆來同學騎機車到學校途中發生車禍，受到重創被緊急送醫，週五凌晨一點過世了！」

徐萬青眼眶紅紅的，他這話像一顆爆彈，炸的同學們都傻了，久久沒人出聲。

王凱富目瞪口呆的轉望林鴻興，林鴻興比他更糟，滿臉錯愕兼不信。

據徐萬青說，他這幾天打電話去丁家都沒人接電話，直到今早丁媽媽到校來，他才知道這個消息。

「他永遠都無法來學校上課了。」

說完，請同學繼續看書後，徐萬青跨出教室，霎時間班上亂哄哄的，幾位同學圍繞著林鴻興問話。

林鴻興信誓旦旦的說：

「怎麼可能？週六晚上他還來我家找我……」

接著，林鴻興細細說出他兩人，就坐在他家客廳還閒聊很久。

一旁的王凱富猛點頭，接著說出週日晚上，他睡覺時夢見丁昆來在他家門口。

同學們七嘴八舌的，紛紛提出意見：

「不對，班導說，他在周五凌晨一點就掛了。」

「班導不會說謊騙我們！」

其中一位同學板著手指頭：

「咦？這太奇怪了。週五掛點、週六去找林鴻興、週日去阿凱家，這樣說來，去找你們的不是他本人嘍？」

倏然間，大家都沉默了，一位白目同學深吸口氣，忽然開口：

「你這話更奇怪了，不是他本人不然是誰？」

沉默再次襲擊眾人……不知誰，輕而低聲的說：

「是鬼……」

輕而簡單的兩個字，竟然讓大家都膽寒了，沒人續接以下的話。

就在這時，突如其來的上課鈴聲大響，有嚇得渾身大震；有張口驚聲呼；有的掩住口硬把叫聲堵回喉嚨內；有抖著兩腿，慌措跳回自己座位……

總之，大家都亂成一團了！一整天，都無心上課。

最震撼的當數林鴻興，他一再回憶週六晚上丁昆來按他家門鈴開始……奇怪的是，他愈想回憶偏偏就愈想不出細節。

下午最末一節課，在徐萬青帶領下全班同學一齊去丁昆來家探視、上香。

到達丁家時天色已晚了，丁家籠罩在一片哀淒中，丁媽媽看到同學們更是數度哭到昏厥，徐萬青頻頻勸慰。

望著丁昆來掛在客廳一旁的相片，大家都紅了眼眶。林鴻興哭不出來，他只是癡傻了。無法想像，一個活潑蹦跳的年輕生命，只一夕間居然就殞落了？丁昆來還是個很用功的學生，成績向來名列前茅，尤其他對機車有特殊愛好。

☠

林鴻興心情沉重了好幾天，丁媽媽哭訴的話語，總會一直在他的耳際響起：「撞擊力太大，機車被撞倒時油箱破了，整箱油都流出來，因為閃出火花，竟然迅速燃燒起來，可憐丁昆來倒下地根本來不及逃開，活活被火燒死了。」

回到家時，林鴻興又再回想起，沙發一角有灰黑屑屑，那是他來坐過的地方，那他真有來找過自己嗎？

半夜睡到一半時，林鴻興往往會哭醒過來，畢竟跟他是很好的朋友啊！要怪，就要怪為什麼人會有感情。

到校上課時，林鴻興的心情也很低落。

中午時，乙班同學鬼鬼祟祟的出現在甲班教室門口，王凱富認識他，名叫蘇明方。

「蘇明方，你找誰？」

蘇明方聽了，向王凱富招招手，王凱富一副要笑不笑表情：

「呿！我出聲就找我？早知道就不叫你了，馬的！」

說歸說，王凱富還是朝外走。

下午第一節課後，同學們三三兩兩群聚著密談，不知談些什麼，可是每個人都顯得很詭異。

到了第三節下課，大家準備打掃，跟林鴻興同一組的同學神祕兮兮地問他：

「耶！你聽過這個消息嗎？」

林鴻興興味索然的看他一眼，反問：

「什麼？」

「你都不知道呀？中午不是有乙班同學來找王凱富？」

林鴻興沒有任何反應，看同學一眼，抓起掃把就要打掃。

同學不管林鴻興的冷淡，滔滔自顧說下去。

原來，乙班昨天下午有實習課必須到實習工廠上課，上到一半時忽然有同學緊靠向蘇明方。

蘇明方伸手推他：

「靠這麼近幹嘛啦？見鬼喔！」

同學白著臉，猛點頭。

第六帖

實習工廠的焦影

「還真的有鬼喔？真是瞎掰。在哪？」

循著同學手指的方向，蘇明方轉眸望向角落。

實習工廠內有各式道具，例如機車車體、排氣管、輪胎、馬達、零件等等，而這種黑手的工作，教室內可以想見是黑忽而暗濛的，縱使有燈光，有的地方還是看不清楚。

今天剛好是陰天，光線不是很明亮，尤其是角落，一架半人高的機車車體横擋著，根本看不出什麼。

蘇明方看到同學額頭冒汗、臉色白慘慘、牙齒猛打顫，看來不像說假話，便直起身走了過去。

同學忽抓住他的手腕，猛搖頭，有其他同學看到了，不曉得兩人在搞什麼。蘇明方甩開同學手，自己走……走到一半，他忽然頓住腳！

半個人高的機車車體下面，出現一張人臉，人臉呈相反方向是倒著的，黑漆漆的只有兩顆骨碌碌大眼，直盯著死瞪住蘇明方。

蘇明方努力辨識著，始終看不出他是哪位同學。另外，蘇明方發現，他只有一張臉，既沒有身軀、也看不到他的手跟腳。

呆了好一會兒，蘇明方就近抓了幾位同學，指引著角落機車下面，問他可曾看到什麼？

同學都搖頭，自顧做他的工作，蘇明方知道了，那個東西有的人看得到，也有人看不到！

次日，蘇明方到各個班級打聽，結果打聽出，原來甲班有同學在近日內發生車禍去世了。

☠

丟下掃把，林鴻興轉身去找王富凱，問他有關實習工廠遇見鬼的事。

王富凱點頭，說話吞吞吐吐地：

「乙班蘇明方說他看到了怪臉，不過誰知他看到的是誰？搞不好是看錯了。」

「怎麼說？」

「嗯。」

原來，蘇明方到各班打聽這事時，丙班有同學也遇到奇怪的事。

丙班是在前一天去實習工廠上課，那天下著大雨，大夥往實習工廠走時，一名李同學忽然雙眼暗下來，以為是自己眼睛有毛病，他停頓身子伸手揉眼睛時，有人拉他手腕，他放聲道：

「誰呀！別拉我！我眼睛……」

話還沒說完，手腕忽然一鬆，一個聲音響在他耳際：

「是我。想拜託你，我可以跟你一塊進教室嗎？」嗯？是陌生的聲音。

第六帖

實習工廠的焦影

李同學原以為是班上同學開他玩笑，他轉頭看到身邊，是一位穿著學校制服的陌生同學。

他心裡浮起諸多疑問：他是誰？為何要跟他一塊進教室？

可是，他整個人卻混沌的說不出話，身不由己的點頭。

進了教室，他都呆呆的似乎腦袋少了根神經。

他拿了一支螺絲起子，到半人高的機車車體前蹲下來，想做什麼？他自己也搞不清楚。

剛剛陌生的聲音在他耳邊響起：

——奇怪，到底為什麼，機車會燃燒？

李同學頭都沒轉動，出聲道：

「油箱破了，閃燃碰到撞擊，當然會燒起來。」

——燒起來，人呢？為什麼不會逃跑？

李同學轉頭望去……赫！旁邊是一個渾身烏黑，衣服焦爛不堪的『人』。這麼近距離，他可是看得清清楚楚！

它頭髮被燒得宛若野草被燒盡，臉皮被燒焦，變成一塊灰、一塊黑，臉上雙眼水晶體融化、變形，油脂往下滴，形成臉上凹凸不平，只能用一句話形容：猙獰恐怖！

「啊——哇——」

發出超尖厲喊聲，李同學整個人往旁摔倒在地。

同學紛紛放下手上的工作，一起轉望過來。接著有人發現，李同學手腕有深深的一圈烏黑。

王富凱說到這裡，林鴻興臉上暗沉的沒出聲，王富凱淡淡的接口：

「我就跟蘇明方說，你也太無聊了，捕風捕影。我乾脆跟他說……」

林鴻興抬眼看他，他詭詭的笑著接話：

「嘿！你聽說過嗎？實習教室有鬼的傳說。聽說以前就有同學來教室上課，留到最後離開的人，都會看到一道黑漆漆的黑影！」

「真的還是假的？」

王富凱聳聳肩，故作神祕地邊走邊說：

「信則真，不信則假。」

撇著嘴角，林鴻興轉身繼續打掃。

到底實習工廠真有鬼嗎？還是同學亂傳言？這是個謎，但是自從此事傳開後，實習工廠鬧鬼事件就愈傳愈廣。傳言還繪聲繪影，加上甲班同學遇到車禍死劫，傳言最後竟然變真了。

林鴻興很不以為然，畢竟與他最好的同學遇到不幸已夠叫人傷懷了，竟然還變成了傳言中鬧鬼事件的主角，叫他情何以堪？

所以，每當有人提起這件事時，不管事同班或是別班，他都會嚴詞駁正，甚至好幾次差點跟同學打了起來。還數度鬧到老師處，但老師問起話來時，同學們又似乎都有默契般絕口不提原因。

時值入秋，秋雨綿綿，從早上下到下午始終沒有停過。

下午，二年甲班有實習課，必須到實習工廠上課。同學們邊說邊笑的走到實習教室，一副熱熱鬧鬧景象。

唯獨林鴻興還是興味索然，只依據老師所教的，專心研究排氣管，想把給裝入機車。

「哎……」

已經是第三次的哀嘆聲了，林鴻興轉頭看了一眼隔壁的同學，同學反看他：

「幹嘛？有事嗎？」

林鴻興搖頭，繼續專注在工作上，忽然，又是一聲長嘆，很近，就響在他左耳邊。

他轉向左邊，一個聲音響自右邊：

——我在這裡啦！

林鴻興迅速轉向右邊……一團黑忽忽人影，由模糊而很有層次的逐漸、逐漸變清晰。

林鴻興的思緒、眼神，也從清明逐漸變為混屯。

——我愈來愈沒辦法了，嗚……嗚嗚……

林鴻興高興的說：

「丁昆來！什麼沒辦法？」

——看！我這身軀，沒辦法恢復像之前那樣，我很痛苦。

林鴻興上下看他一眼，露出笑：

「你本來就這樣呀？難不成，想變英俊？下輩子吧！」

——你消遣我？小心，我纏上你。

「來啊！誰怕誰！」

——你會怕我！

「怕你的大頭鬼啦！」

說到這裡，丁昆來倏然全身著火，火勢一下子就蔓延他周身，他倒下去哀嚎著又滾、又掙扎，不斷扭動之際，竟然往林鴻興靠過去。

「啊——快！快來救救……」

大聲驚吼著，林鴻興刷白著臉，退靠到牆壁。

霎時燒得發黑的丁昆來，不！不能稱它是丁昆來，它看來是一團烏黑物事，竟然貼上林鴻興的腳，再往上蔓延……

另一位在林鴻興隔鄰的同學，聽到林鴻興在自說自話，他先是一愣，繼而叫道：「喂！林鴻興……」

才一出聲，突然乍見一團黑色，由模糊而很有層次的逐漸變清晰。雖然渾身焦黑，但同學依然認得出……是丁昆來！

嚇得同學手中工具掉落在地，想跑卻兩腿軟趴無力的摔在地，他用狗爬式，顫慄的爬向另一邊……。

「喂！阿嘉，怎麼啦？哈哈哈……」

有同學看到了狗爬式的同學，出聲笑了，惹得其它人紛紛望過來。

霎時間，有人臉現驚容慌愣猛退到角落；有的則呆立原地。

狗爬式同學爬向另一邊，同時斷續慘叫道：

「快、快跑！丁、丁昆來……是丁昆來！」

聽到有人喊自己名字，那團陷入火焰中的烏黑人影，這時，火焰已經消彌，它依舊黑漆漆的，眼睛垂掛在凹凸臉上，轉頭轉過來。

立刻，有人丟下手中工具轉身往教室外面衝，其他沒看到什麼的同學見狀，也跟著往外衝，教室亂成一團。

等老師趕到教室時，教室只剩林鴻興一個人，還是昏迷的，但他膝蓋以下一片烏黑。

他被送到保健室，烏黑還繼續往上蔓延，只是很緩慢、緩慢。

☠

回家休息了兩天，林鴻興到校來上課，同學看到他從頭到腳，全包得緊緊，不免好奇的探問，這才知道他身上的烏黑已蔓延到胸前，還持續往上中。

「不管我用多少去漬油、清潔劑，全都不管用。」林鴻興垮著臉，只差沒掉下淚來。

同學們看了，都不敢靠近林鴻興。

班導徐萬青詢問詳情，還一一詢問其他同學，這才知道，原來有「奇怪」的事件。其他班級老師說，他們班有些同學每逢必須到實習工廠上課，大部分都稱病或有事的不想上課，但是也問不出原因。

徐萬青又接到林鴻興爸媽——朱美芳和林森木的電話，經過溝通，徐萬青覺得事出必有因，想找出原因還得從根本處下手。

於是，找了個課業不重要的下午，徐萬青領著同學們去丁家走一趟。

一大票人把丁家客廳擠得水洩不通，丁爸、丁媽頻頻擦淚。丁媽看同學們一眼，說：

第六帖

實習工廠的焦影

「我幾乎天天作夢，夢見昆來他說……」

同學們豎起耳朵，仔細聽。

「他不甘心。他超愛讀書，更喜歡研究機車……」

丁爸接口說：

「他發生車禍很不甘願，他這麼喜歡機車，為何會死於機車車禍？」

「伯父，你也夢見他了？」

丁爸點頭，丁媽接著說：

「他還說喜歡跟大家一起上學。」

說到這裡，丁家兩老泣不成聲，同學們也頻頻擦淚，徐萬青印印眼角，說：

「我可以理解丁昆來的心情，不過……」

說到這裡，徐萬青招手，林鴻興走過來，他掀起林鴻星手臂，接口說：

「您看，我們班這位同學是受害者。」

丁爸和丁媽吃一驚，細細審視著林鴻興，接著徐萬青說出實習工廠的狀況。

怕他兩夫妻不信，同學們你一言、他一句，都是證人。

聽完，丁家兩夫妻臉色都變了：

「啊！這麼說來，昆來就不對了，不該找同學……」

「阿姨，林鴻興跟丁昆來還是最要好的同學，現在林鴻興變成這樣，太說不過去了。」王凱富替林鴻興發言，說出心裡的話。

徐萬青出聲喝止王凱富，苦著臉的林鴻興則對他投以感激的眼神。

丁媽張著嘴說不出話，丁爸點頭，擦擦眼角，說：

「是啦！對這位同學很抱歉。我們明白了，來吧，大家一起跟昆來拈香，跟他說明白，不要再找同學了……」

說到此，丁爸和丁媽眼眶又紅了，不認同兒子的作風，卻有更多的不捨，畢竟年輕輕就這樣走了，被迫放棄夢想、放棄一切。

自從去丁家弔唁過後，林鴻興烏黑的現象已停止了，可是卻尚未完全褪掉。

朱美芳無奈之下，只好跟林森木商量，去廟裡求神冀望能解開此厄。

進入廟裡，住持將林家三人延入客室，問道：

「我方才看到，有個黑色的人影跟隨在你們後面。」

三人神色不自然地轉頭，看一眼外面。

只聽住持又說：

「你們知道它嗎？是誰？」

接著，朱美芳絮絮說出緣由……

住持看著林鴻興翻出來的手臂、腳，點點頭，說：

「它是冤枉死的，唉！沒辦法逃過死劫，只能四處遊蕩，說起來，這些遊魂沒個寄託處也很可憐。」

朱美芳不以為的：

「那我兒子怎辦？他很無辜，不是更可憐？」

住持沒有接話，不過答應要做一場超渡，希望能解除林鴻興的困擾。

每天到學校，同學都會關懷一下林鴻興，看他身上的烏黑。

過了一段時日，林鴻興身上的烏黑漸漸消失，恢復了原本的皮膚顏色，王凱富高興的吐出口氣：

「呼，事件總算解決了。各位，大家可以安心上實習工廠的課嘍。」

有人認同，也有人搖頭。

有一天，王凱富和林鴻興同組，輪值打掃公共區域，剛好這區域跟實習工廠很近，調皮的王凱富突發奇想，指著前方教室：

「耶，去看一下實習工廠吧！」

「看、看什麼？有甚麼好看？」林鴻興聲音縮低了一圈。

「嗯……就關心一下它啊！搞不好它回家去，不會再到學校來了。」

林鴻興不太願意，王凱富酸他，說虧他跟它是麻吉，還說不然他走前面，要林鴻興躲在他後面。

林鴻被說動了，跟著王凱富躡手躡腳往前去。

天色更暗更昏黑，教室又沒人上課，一片黑烏，只有一點路燈讓教室微亮。

兩人走到教室中段，林鴻興低矮著身軀沿窗口以下走。探頭探腦的王凱富突然拍手，嚇了林鴻興一大跳，緊緊抓住王凱富衣角。

只聽王凱富粗聲粗氣說：

「放心啦，沒半個人影。我說，你媽去寺廟求神，它已經被超渡了。」

聽這些話，林鴻興放心地抬起身軀，轉眼望教室內，倏然，他對上了一雙暗火焰似，微微灼亮的眼睛，其他部分因為配上教室的烏黑色，全是一派漆黑。

哀嚎一聲，林鴻興往後仰倒，好在王凱富忙拉住他，同時王凱富頭眼望進去，啊！有一道黑影在教室內走動，樣子很像是丁昆來在巡視著機車零件……

原來，它還是繼續到處遊蕩呀！

兩人臉色唰白的逃之夭夭，此後王凱富再不敢亂開口，遇到實習工廠有課，他絕對不敢留到最後一個離開。

聽說，別班有許多人都看到了實習教室內，有個焦影不停的在教室內飄動。

之後，考上XX高工的學生們都會聽到這個傳言：

——小心實習工廠裡的黑影。

第七帖

學校後山禁地

下課時間，同學們像雀鳥般飛出去，有的上廁所；有的跑福利社；有的忙著跑操場去打球；有的準備玩跳繩，大家都很珍惜這短暫的下課時間。

但是，唯獨她——潘如娟，側支著頭，望向窗外。

位於偏遠鄉下的這間學校，是這裡唯一的一間國中，潘如娟是從都市剛轉來的轉學生，嚴格說來，她很不適應這裡的環境，可是沒辦法，已經沒有退路了，她必須適應！

這棟教室是學校的最後一棟，教室外面屬於學校的後山，斜著往上的山坡有一條小路徑，兩旁矗立著樹木、野草，還有叫不出名字的各式野花、爭奇鬥艷的綻放。

潘如娟居住的大都市，看不到這麼美麗的山林、樹木、花草，對她來說，眼前的這些既新奇而美艷。

不遠的小路徑那頭，轉個彎就被樹木遮住視線，不知道那裡又是個什麼景緻？

潘如娟不禁生起一股希冀：好想走這條小徑去探險！

上課鐘響，大家又忙碌的回歸原位。

潘如娟收回眼，環視著教室內，忽然她看到右前方，五個同學齊聚著竊竊私語，還不時瞄她。

再轉望後面，三位同學看到她轉頭，心虛的一哄而散。

第七帖

學校後山禁地

輕吸口氣，潘如娟回頭，低眼，看著課本。她深深感受到同學們怪異的眼光，以及對她的疏離感。

當然，剛轉到這間學校，哪會有朋友？還沒搬來鄉下，媽媽就已經跟她說過，轉到新學校，要一陣子才能認識同學才會有朋友，妳要忍耐，多跟同學互動才能早些交到朋友。

她心裡可不這樣想，有朋友、沒朋友還不是一樣過？再說，沒朋友，一個人也挺自在，省得像以前那樣……。啊！不！不要再想起以前，那是一段不堪回首的過去。不過，媽媽說過，鄉下的人比較單純，不像大都會的人現實、勢利、又險惡。好！不准再想下去，到此結束了。

一天過去，終於下課了，潘如娟緩緩收拾書包踏出教室。那間，她思緒頓住，腳步也跟著停下！

仰望還明亮的天色，她猶豫著……最後，她決定去後山探險！

念頭一轉，她整個人雀躍著，連腳步都輕快起來！轉彎，繞過教室，她逕自往後山而去。

教室連著後山，中間只有一道防水溝隔離，所以學校沒有築牆，這就是都市和鄉下不同的地方，因為都市四周都有住家，為了學生安全，學校都會砌一道隔離牆。

啊！好漂亮的紫色小花！繞著藤掛在樹幹，一路垂到泥地上，潘如娟伸出手，想摘它。

「喂！妳在幹嘛？」

潘如娟縮回手，轉身，一個高壯女生，站在小路頭，睜大雙眼看著她。

「妳是？」

「糾察隊隊長，我叫王淑玫。」

學校糾察隊都由三年級生擔任，所以她是三年級生，王淑玫走近潘如娟，看著她胸前名牌：

「一年級潘如娟？」

潘如娟點頭，接口說：

「我是剛轉來的。」

「喔，難怪。」王淑玫揮揮手，示意潘如娟往回走。

潘如娟依依不捨的看一眼掛藤上紫色花朵，好想摘一朵，王淑玫說：

「下課了，快點回去。」

潘如娟表示想走山路，王淑玫用力搖頭，說：

「不行！這裡是學校禁地。以後不要讓我看到妳在這裡，要記大過的唷！」

「啊！這麼嚴重？」

「校規規定。念妳是剛轉來所以不知道規定，快走吧。」

「可以摘一朵花嗎？很漂亮吶！」

認真思考一下，王淑玫點頭，順便解釋：

「那是牽牛花，很普通的，到處都有。妳不知道嗎？」

彎腰摘下一朵牽牛花，潘如娟高興的離開了。講真的，向來生活在都市的潘如娟，不容易看到花喔！

為什麼是禁地？

潘如娟搞不懂了，跟同學不熟，還感覺到他們對她深深的疏離感，當然不好問他們。半個月下來，潘如娟真的不敢到後山，不過下課或空閒時，她都會望著山路發呆。好像，有一股力量，強烈的吸引她：過來！過來！快點來啊！

午飯後，潘如娟又站在教室窗口凝視著山路，還有山路旁的美麗花朵。

上課鐘響起，潘如娟轉身之際，忽然看到她座位斜右邊後面，三位同學湊在一起，嘰咕耳語。

看到潘如娟轉身，兩位同學迅速分開各自回座，只剩單獨坐在原座的鍾盈。

不怪潘如娟知道她的名字，因為鍾盈幾乎是天天、時時都在看她，更喜歡跟同學耳語。

潘如娟搞不懂，到底自己哪裡有問題嗎？鍾盈跟同學們都在說她什麼？真的快讓人發瘋了！

如果不是因為以前那段過往，她很想衝上前找鍾盈問個清楚！

算了！最後，潘如娟還是低調的上、下課。

有一點奇怪的事，每天下課回家後，潘如娟都感到肩膀很沉重，疲累不堪。她跟媽媽說了好幾次，媽媽都說是還沒適應新環境，過一陣子就好了。

不過，這疲累感不但沒好，還愈來愈厲害，直到有一天下課回家，她受不了，丟下書包，在床上躺得直挺挺。

媽媽去串門子，回家準備做晚飯，尚未進門，看到一抹影子飄進她家。有剎那的錯愕，然後媽媽想到是潘如娟回來了吧。

進門後，媽媽揚聲叫如娟、如娟！

沒人應聲，媽媽歪歪頭自顧下廚，忙碌之際，眼角數次看到有影子飄動，她出聲道：

「如娟，是妳回來了嗎？」

沒有回應，媽媽不信是自己眼花，丟下鍋鏟，就往前……果然，有一道身影掠向潘如娟房間，媽媽腳步加快衝進房間！

身影不見了，媽媽一眼看到潘如娟仰躺在床上！

第七帖
學校後山禁地

「不可能這麼快……」
媽媽低喃著，走上前，才發現如娟是沉睡著的！
「難道是在跟我開玩笑？」
媽媽偏著頭，仔細望著床上的潘如娟，她呼吸均勻，雙頰紅豔豔，媽媽喚不醒如娟，伸手一摸！
赫！額頭好燙！
「怎麼回事？如娟！如娟，醒醒！」
叫醒潘如娟，媽媽才知道她生病了，急忙帶她去看醫生。
媽媽仔細回想，那道身影，好像是穿著學校的制服吶！再細問如娟，幾點回家？是不是有同學跟她一塊兒回家？答案當然是否定的。媽媽這才察覺到事情不尋常。打針、吃過藥，潘如娟好多了，不過媽媽卻陷入思緒中。
等潘爸爸下班回來，媽媽避開潘如娟，把這件事跟潘爸說了。
潘爸聽完，笑道：
「我說，是妳太緊張了吧？」
「我哪有？我明明看到一個人影。」
「先聽我分析，我們剛到新環境，心境不踏實。然後，之前如娟的際遇還殘留在我們心裡。這些因素導致妳太過於關心，過度關心就會慌亂。妳看，看過醫生吃了藥，不是好了嗎？」

潘爸說的也有道理，媽媽無話可說。

「過一段時間看看再說吧，好不好？我們大家都要適應新環境，對不對？」

於是，事情就暫時這樣了。

☠

在一個偶然的機會，潘如娟終於跟鐘盈踏近一步了。

畢竟是天天見面的同學，機會當然多，然後兩人交談了幾次後，潘如娟才知道，鍾盈這個人其實很隨和也很好相處。

一天下午，第三節才下課，潘如娟轉頭，頓然看到三位同學，跑到鍾盈座位處，不但嘰咕耳語，還臉線詭異表情不斷的瞄她。

於是，潘如娟毫不在意的輕步走向鍾盈。

三位同學突然一哄而散，好像有點緊張樣的去準備打掃用具。

鍾盈低眼，在收拾桌上文具、書本。

潘如娟等她收拾妥當了，才笑著問：

「要不要一起走？」

「哦，我……跟別人有約了。」說著，她轉頭望向隔壁。

隔壁座是位男同學，名叫呂部杰，大家都稱他外號——呂布。呂布長相俊俏，他也樂得承受。

「是嗎？那……我可以跟你們一起走嗎？」

鍾盈尚未出聲，呂部杰迅速點頭，滿口答應，鍾盈無言的看他一眼。

三個人邊說邊笑的跨出校門，潘如娟笑問：

「我想問妳個問題……」

「嗯。」

「為什麼妳每天和林嘉文他們三個人，都會看著我？」

林嘉文就是跟鐘盈嘰咕耳語的三位同學，其中的一位。

鍾盈臉色微變，勉強一笑，搖頭說：

「哪有，妳看錯了吧。」

「如果我有甚麼地方不對、不好，請妳要跟我說喔。」潘如娟放柔聲音，說。

鍾盈點頭，呂部杰接口：

「不會啊！我覺得妳很好。」

「謝謝。呀！我在這裡轉彎，再見嘍。」

道別後，鍾盈和呂部杰繼續往前直行，呂部杰看一眼潘如娟背影，放低聲音：

「耶，幹嘛不跟她說？」

「不行！」鍾盈言詞嚴峻。

「不行的話，妳就不要一天到晚，盯著人家背影看。」呂部杰撇著嘴：「如果是我，我也會起疑心。」

停了一會，鍾盈側盯著他：

「那，你就跟她說吧。」

「說就說，妳以為我不敢？」呂部杰口氣很衝的說。

「好呀！你去說，老師那邊就由你承擔。」

一聽這話，呂部杰頓如洩氣皮球，兩人回家路上，再沒交談。

「我回來了！」

聽到潘如娟輕快的聲音，潘媽心情也大好：

「回來了？想吃點心嗎？有蛋糕。」

「哇！太好了。我喜歡！」

一邊吃蛋糕，潘如娟一邊向媽媽述說跟同學良好的交集，還跟著一起下課。

「喔！交到新朋友了。太好了。如何？這裡的同學不錯吧？」

比起之前都市的人，比較好相處，潘如娟口氣一轉：

「可是學校很奇怪。」

「怎麼說？」

「學校後面有一座小山坡，有許多漂亮的花，居然是禁地。」

「禁地？」潘媽轉頭看她。

「嗯！校規規定，私闖禁地要記大過。」

「喔？那妳遵守校規就好了嘛。」

吃完蛋糕，潘如娟洗好手往房間去，準備寫功課。

潘媽忙著煮晚飯，過了好一會兒，眼角感覺一閃的，她不經意轉頭……突然，一道身影，飄入潘如娟房間。

她停手，愣怔住……

潘如娟又開始不舒服了，整天病懨懨，上課無心聽講，功課也趕不上進度。

尤其是下午三點過後，症狀更嚴重。

媽媽帶她去看醫生也找不出毛病，醫生只開了些維他命，但是一點都沒有改善。

一天早上，潘如娟趴在桌上小睡，林嘉文走過來拍拍她的背：

「又不舒服嗎？」

「嗯……」抬起頭，潘如娟兩眼無神：「今天又沒辦法交作業了。」

「三次沒交作業，老師會處罰的。」

「那怎辦？」

林嘉文忽然低下身軀，兩眼閃轉：「跟妳說一個祕密，不許說出去。」

潘如娟立刻睜大眼，認真點頭，俯首側耳。

「我想妳不舒服，應該是有原因。」

潘如娟再一點頭，只見林嘉文四下看看，沒人注意她兩人，她放低聲音：

「每天，下午三點過後，妳的後面就會出現一個背影。」

「啊！真的？」

「噓——。」

潘如娟馬上點頭，也放低聲音：「為……為什麼？」

「我懷疑妳就是因為這樣，身體才會不舒服。」

「那怎辦？」

這時候，上課鈴響，林嘉文聳聳肩回自己座位去了。

林嘉文只是小女生，也許只喜歡碎嘴，其實她也不知道要怎辦。

人啊，聽到風，就是雨。一整天下來，潘如娟時不時就會轉頭看一下自己後面。

今天作業沒寫完，果然，老師罰潘如娟放學後，要留在教室寫完才能回家。

同學都走了，只剩潘如娟低頭寫作業，教室頓時變得很空寂。

寫到一半，忽地想起林嘉文的話，不自覺地，她停筆，轉頭……

「啊！」

有一個女生，看起來很陌生的坐在她後面，死魚般雙眼，睜突得大大地望著她。

這時候是下午五點左右，太陽已經西沉，沒開燈的教室，顯得有點暗沉沉。

潘如娟想開口問她是誰？甚麼名字？幹嘛坐在這裡？

可是喉頭哽住了，發不出聲音，兩人對望了許久。

然後，陌生女生徐徐抬起頭……死魚眼還是望住潘如娟，樣貌很詭異，脖子露的長長地，突然，脖子『迸』地裂開，現出一道暗紫色紋路，血水泊泊滲出，流淌下來，滴落到胸前……胸前紅豔豔、溼答答一大片，就宛如在演一場恐怖的默劇。

潘如娟宛如死樣的，只能被逼望著看劇情發展。

接著，陌生女生張大口，露出舌頭，徐徐加長的舌頭，同時也流淌下血水，不一會，血水不只一股，她七孔——雙眼、雙鼻孔、雙耳，加上嘴巴，同時流淌著七股血水，看來恐怖而怵目驚心！

然後，伸長的舌頭附帶著血水，直垂到胸前，往前捲，凌空捲向潘如娟，抹著她下巴、嘴唇、鼻子……

同時，潘如娟感到脖子被緊緊束勒住，原來，有一條看不見的繩索，套住她脖子！

潘如娟感到下巴一陣涼冷，繼而是嘴裡舔到臭不可當的腥臭味，然後鼻子不能呼吸，接著是雙眼，猛地被塗上一片暗紅……

這片紅暗影，讓她失去了視覺，並有被針刺到般的難受，這股難受把她喚醒過來。

暗濛濛的教室，發出一陣驚天動地、淒厲無比的尖聲哀吼。

但哀吼聲只喊一半，脖子因為被束緊，聲音嘎然而止！

☠

「咦，潘如娟沒來上課？」鍾盈轉頭問。

林嘉文點頭，接口：

「嗯，聽說她昨天昏倒在教室內。」

「然後呢？」

「就……就沒到校嘍。不過，我昨天有告訴她……」

班長的起立喊聲，截斷她底下的話。

老師走進教室，板著臉循望同學們，問：

「是誰告訴潘如娟，說什麼座位上的事啊？」

大家轉頭、左右看著交換眼神，沒人回答。

老師更生氣了，抓起講台上書本，用力一拍，怒道：

「今天不抓出這個亂嚼舌根的同學，大家今天都不要回家！」
鍾盈轉頭望向呂部杰，他臉微微變色，雙手低低猛搖。
「呂部杰！你有什麼事？」
呂部杰站起來，囁嚅地搖頭說沒有。接著，老師又點名鍾盈，她也站起來，低著頭。林嘉文和另兩位同學互看一眼，迅即低下頭。
「沒人肯說是嗎？今天都不必上課了，我要罰你們繞操場十圈！」
呂部杰舉手：
「老師，鍾盈和林嘉文，每天都看著潘如娟的背後，潘如娟發現了，曾問過她。」
老師轉眸，犀利的盯住鍾盈，鍾盈瞪一眼呂部杰，忙說：
「我沒有說，我真的沒有說什麼。」
輕吸口氣，老師點點頭：「起立，全班都去操場……」
有一位同學慌忙舉起手，老師讓她起立，她說：
「昨天早上，我聽到林嘉文跟潘如娟說了些話。」
鍾盈轉望林嘉文，老師也立刻轉向林嘉文：
「林嘉文，起來，敢說就要敢負責任，妳對潘如娟說了些什麼？」
「我……她不舒服，我只是告訴她……」林嘉文說出昨天早上所講的。

聽完，老師攏聚著雙眉：

「只說了這些？為什麼要騙她？」

林嘉文忍不住掉下淚，否認說沒有騙她，還供出就是鍾盈先發現的，連同其他兩位同學都看到了，有她們作證：

「每天下午整三點過後，有一道背影重疊在潘如娟背後。」

老師沉默了，卻心虛的低下眼眸，過了一會兒，又抬眼：

「所以，妳沒有說出其它的話？」

林嘉文矢口否認，其他人都同聲支援，老師要大家都坐下，說：

「我說過，有亂講話的人要受重罰，大家都記得嗎？」

大家一起點頭。

「我希望你們把心專注在課業上，不要說些有的沒的，既影響心情，又會讓成績下滑知道嗎？今天的事就到這裡為止。以後，再發現有人亂說話，我不會輕饒。」頓頓，老師說：「拿出國文，翻開第五課。」

第三天，潘如娟到校，跟平常一樣上課，所有的同學噤若寒蟬，她又開始感覺到班上同學間的疏離，只是向來單獨慣了，她也不在意，還去問鍾盈和林嘉文，記下前兩天的功課重點。

下了課，潘如娟輪值打掃教室，掃完後同學都離開了，她背起書包也準備離

第七帖 學校後山禁地

開，忽然，耳旁傳來聲音：

——來！過來！快點來啊！我等妳！

有一股強烈吸引力，邁開腳步，潘如娟隨著吸引力，走出教室。

☠

潘如娟失蹤了！

整整兩天，潘爸、潘媽急得像熱鍋上的螞蟻，去報警、到學校詢問，同學們有人最後看到她，是她打掃完教室，之後就完全沒人看到她了。

「老師！四、五天前，如娟昏倒在教室，我就跟妳說過，她在教室裡遇到鬼。」潘媽氣急敗壞的說：「妳說沒這種事，現在她失蹤了，妳怎麼說？」

「我們會找到她，妳先不要急。」

「如娟要是出事了，學校要負責！」潘爸怒指著老師。

「我會問清楚，她是在校內失蹤？還是回家路上失蹤，也許她遇到孰悉朋友，跟……」

「妳胡扯些什麼？我們搬來不久，哪來朋友？」潘爸『碰』一聲，用力捶打桌面。

「潘先生，不要這樣，生氣於事無補，我們目前最重要的，是找出潘如娟。」

「老師，拜託妳告訴我，妳學校究竟出過什麼事？」潘媽截口問。

老師底臉，剎那縮皺一圈，聚攏眉頭：

「哪有啦？潘太太，不要亂講。」

「妳這是惡意隱瞞，導致我女兒陷入危險，我可以告妳的！」

「沒有證據的事，不能亂說。」

潘媽說曾在如娟回家後，好幾次看到一條影子跟隨在如娟身後，這是很明顯的證據。

然而，老師反駁，說證據是要有實物，影子哪能算？除非有照片為證。

「我當場沒想很多，又怎麼照相？我去問過我女兒同學的家長，到底學校出過什麼事？」

老師沉寂不語。

潘爸搥打桌面：

「請不要逼我用暴力！想想看，如果今天是老師妳的女兒，妳還會這麼輕鬆坐在這裡嗎？拜託，請將心比心。」

「是啦！老師，因為如娟受到霸凌，身心受創，我們全家才搬來鄉下，」潘媽哭了：「拜託妳，救救我女兒，我……給妳跪下了。」

潘爸拉起潘媽，說這就去警察局告她、告校方，要把這件事宣揚開，讓鄉親評評理。

老師首先想到，這樣一來，學校想掩藏的事不就整個曝光了？校長一再交代，不管如何一定要維護學校清譽啊！

老師上前軟語勸慰潘媽，又倒了兩杯水請潘夫婦落座，才細細道出原委……

原來，班上有一位同學，因為課業的問題，罹患了憂鬱症，這件事沒有人知道，就連她家人也毫無知覺，更遑論校內老師。

她家人每每看到她的成績，就要大大數落一番，因為她姐姐成績很優秀，還以第一名考上北部高中名校，偏偏她就是不喜歡讀書，因此無形的壓力愈積愈深。一天，她留下一紙遺書走上了絕路！

潘媽舒口長氣，轉望潘爸一眼，臉色不悅的：

「我早跟你說過，有東西跟著如娟，你就不信！」

「現在講這個沒用。」說著，潘爸轉向老師，口氣急切：「老師，她怎麼死的？」

「上吊！」

潘媽倒抽口氣，張大口，抖著雙唇：

「四、五天前，如娟昏倒回家，我就看到她脖子上有細細的紅色血印。」

潘爸看一眼妻子，問：

「她是哪一班？坐在那裡？」

「她……」老師稍微猶豫了一下：「是我班上的同學，就坐在潘如娟的座位上。」

潘爸整張臉都脹紅了：

「啊！我的天呀！已經兩天了！妳快說，她在哪裡上吊的？」

「她……」

☠

老師領著潘爸、潘媽，一路急急狂奔向學校禁地——後山！

潘媽注意到兩旁，嫣紅奼紫、開得茂盛的花花草草，這都是潘如娟曾經跟她說過的美麗景色，不料卻是她危及生命之處啊！

走在山路小徑，快到轉彎處，突然一道人影往前飛奔而來！

時值下午六點多，夕陽已西下，山路一片灰暗，乍見人影，三個人心口俱都一陣亂跳，以為是……

奔近了，老師才看到她，是糾察隊隊長——王淑玫。

「妳怎麼在這裡？」

王淑玫蠟白著一張臉，壓住自己心口，聲音顫抖地：

「老、老師，快、快去救人，我一個人沒、沒辦法……」

連同王淑玫四個人，一鼓作氣的繼續往山波跑，一邊跑，王淑玫一邊說。

原來，王淑玫到校外路口站岡，送走同學們後，她回教室喝水、拿書包，並準備回家，忽然看到窗外，一縷輕灰煙霧飄過去。

她奇怪的想：難道還有學生還沒回家？

訓導主任曾交代她，天黑後不要讓學生留在校內，還有，務必要注意學生的安全，這是她的責任。

放下書包，王淑玫跑出教室。這時，那團灰煙霧已飄到前面五、六公尺遠，煙霧凝聚成個人型，煙霧上方形成個圓型。

就在她驚疑不定時，模糊的圓型，轉回頭，露出一張熟悉的臉龐，臉龐對著她露齒一笑……

腦袋迅速打著轉，王淑玫想起來了，那是剛轉學來的一年級潘如娟！因為她闖進學校禁地，所以王淑玫對她印象特別深刻。

但，她是人，怎麼會是一團煙霧？這不對勁喔！

那時，她不懂得害怕，責任心促使她跟上前。

灰煙霧飄往校內禁地——後山，還逐漸變成濃郁黑色煙霧。

上了山坡小徑，轉彎再往上直行，煙霧停頓在左邊樹叢中！

猶豫了一會，王淑玫踏入樹叢，正欲往前，頭竟被一個東西撞到，她抬頭望去，心膽劇烈得差點昏倒！

是腳，撞到她頭部的是一雙腳，而這個人就掛在樹上，沿著身軀往上看，唔哇！是潘如娟在樹上上吊！

急切中，想把她救下來，可是手腳顫抖的不聽使喚，加上她一個人無法救人，這才急忙回頭跑下山坡找人求救。

一行四人趕到樹叢，七手八腳解下潘如娟，所幸，她身體還是溫熱的，但已經沒了呼吸。

老師馬上替她做人工呼吸，潘爸潘媽打電話叫救護車。

☠

潘如娟一條命總算搶救回來，休息幾天後她醒過來，娓娓道出……

那天打掃完教室，同學都回家了，她也背起書包準備離開，忽然耳旁傳來一股強烈聲音：

——來！過來！快點來啊！我等妳！

潘如娟轉頭循聲望向教室窗外，這一面是山邊，一張臉平板的貼在玻璃上，瞪住她。

眨眼、皺眉，潘如娟認不出她是哪位同學。她張大口，露出舌頭，舌頭徐徐加長，和著血水，往下流淌……

潘如娟想起來了！是之前在教室內，遇到的女鬼！

是應該害怕，可是這時潘如娟宛似渾噩木頭人，雖然有感覺有反應，但身不由己。

一隻手拉住她裙角，她看也不看就被拉著步出教室。然後，迷迷糊糊往禁地小徑上山。

進入左邊樹叢內，潘如娟繼續往前走了一小段路，忽然，毫無預警的，她頓然全身一顫，醒悟過來！

「哎！我怎麼會在這裡？」

這時，天色已暗下來，尤其是山上樹叢間更暗晦、陰森。

身後傳來聲音：

──我在等妳。

潘如娟轉轉身，看到前面樹上掛著一個人，背向著她。她嚇傻了，縮退的摔倒在地上。

──等妳喔，等妳跟我作伴喔……

「不要！不要！我想回家。」潘如娟哭喊著。

這時，掛著的背影，徐徐打轉……潘如娟忘了哭，睜大眼眸，呆呆看著它。

它慢慢地轉過身，面對著潘如娟，就這樣對望著。

它重演著潘如娟在教室內所看到的那一幕，潘如娟捲縮在樹根旁，簌簌顫抖，不想看，又被無形的強迫著看。最後，它抓掉脖子上的繩索走下來，一邊走還一邊幻變成它生前模樣。

潘如娟呆愣住，望著它立定在她面前，沒看到它張口，卻發出聲音：

——找妳陪我。

「我……」潘如娟搖頭，代替底下的話。

它臉變成暗藍色：

——妳沒得選擇。想想看，妳同學對妳霸凌、欺侮妳，妳不想報復？

潘如娟被它蠱惑，竟回憶起之前，在前個學校內受到的種種欺凌……她掉下淚水，愈哭愈傷心。

接著，它說了許多痛苦、人生不如意的事，煽惑潘如娟聽它的，最後說：

——跟我來，撿起繩子，我教妳，痛苦很快會過去，不要怕。

說著，它伸手，指著潘如娟旁邊一條繩索。潘如娟呆呆的撿起，聽它一個指令，一個動作。

可是，潘如娟數次都停頓住，可能是殘留著的一絲靈明偶而醒悟，它立刻加重邪氣、陰靈力，將她殘留的一點靈明扼殺掉。

也許是這樣，拖了不少時間，最後在第二天傍晚，它成功的讓潘如娟掛上樹上的繩子。

潘如娟脖子被勒住，痛苦難當，但又無法解縛。

據潘如娟說，在渾噩黑暗中宛如作夢，她依稀記得看見王淑玫。所幸，潘如娟終於沒事，不過，校方為了加強同學的安全，在後山禁地與教室間，築起一道牆。

雖然如此，這間學校的後山禁地，依然流傳著各種傳言。

見鬼之

校園鬼話3

第八帖

儲藏室的祕室

升上高二，同學們都會重新整合，依其所願分派科系。

孫澤先、黃文棟是好友，兩人興趣相投，因此被分派到同一科系，還是同個教室。

C棟二樓教室，共有八間，左右各四間，中間是樓梯，左邊最邊邊是廁所；右邊最末一間是儲藏室，輪值打掃時才會拿到儲藏室鑰匙。

黃文棟趴在孫澤先桌面，側頭斜眼望著孫澤先，一副跩樣。

被看太久了，孫澤先不耐煩的瞪他：「幹嘛？」

黃文棟指指前面黑板旁，上面寫著輪值打掃同學的名字：「看到了嗎？」

孫澤先看也不看的接口：「今天輪到我們打掃。」

「帥！」拇指和食指一彈，發出清脆響聲，黃文棟換個姿勢：「那你聽說過謠言嗎？」

孫澤先聳一下肩膀，搖搖頭。

另一旁，一位看來乖乖牌又瘦弱的同學——林忠浜，忽然湊近來：「我知道！」

黃文棟轉望他：「OK，你說！」

「就是儲藏室的祕密。」

孫澤先睜大眼，反問：「儲藏室的祕密？是什麼？」

第八帖

儲藏室的祕密

「這個我就不知道了。」林忠浜搖頭。

「瞎爆！」黃文棟道。

「是什麼祕密？你說。」孫澤先轉向黃文棟。

「我也不知道。」黃文棟雙手一攤。

孫澤先舉手，朝他腰際重重拍打，黃文棟連忙閃開，接口說：「先生，不要衝動，聽我慢慢道來。」

林忠浜湊的更近，孫澤先也聚精會神，兩人四隻眼睜得圓鼓鼓，黃文棟故意一會兒整整頭髮，一會兒拉拉衣領；一會兒拉褲頭……

「有話快說，有屁快放。我沒耐心看你耍寶。」孫澤先斜瞪他，發怒道。

吊足了胃口，黃文棟才低聲說：

「我說啊，今天我們輪值打掃，機會來了。」

林忠浜點頭，孫澤先不為所動的依舊看著他。

「嘿嘿，所以今天是我們探險的大好時機。」

聽完，孫澤先臉露不屑的接口：

「拜託，我以為是什麼大新聞，儲藏室嘛，了不起沒有教室的三分之一大，什麼探險？太誇張了！」

林忠浜各看兩人一眼，過了好一會，吶吶的說：

「儲藏室裡面都是打掃用具，班導交代過，進入儲藏室要趕快出來，不要亂動裡面的東西……」

「唉唷！我的天，你呀！難怪綽號叫呆浜。」黃文棟截口道。

林忠浜臉孔掙紅了，急道：

「我聽說過裡面有鬼。平常進入儲藏室後，大家都很快就出來。」

「有鬼？是嗎？所以今天我們就要去探鬼！」

黃文棟此話一出，林忠浜臉色由紅轉青，嘴巴張的大大地合不攏。

好久後，黃文棟語氣挑釁地轉向孫澤先：

「剛剛誰說過『了不起還沒有教室的三分之一大』，怎麼，怕了？沒膽？」

血氣方剛的高中生激不得，真的！

「沒你個大頭鬼。」孫澤先嘴角一撇：「探險？哪那麼容易？用你的腦袋想想吧。」

「想什麼？」

「你確定會拿到鑰匙嗎？搞不好，衛生股長去開儲藏室，你就沒得玩嘍！」

「我還以為什麼大問題。」黃文棟篤定的笑了：「這個我去想辦法。現在，重點是你！」

「干我屁事！」黃文棟閃閃眼，顯然在考慮。

儲藏室的祕密

「願意入夥？加入探險隊？」

一旁的林忠浜一副躍躍欲試狀。

☠

事實上，這間高中學校早在十年前就有很多傳說，到現在不知是時間過太久？還是什麼原因，傳言似乎沒那麼沸沸騰騰，只是偶而有些人會挖出記憶，再悄悄的流傳著。

黃文棟很聰明，不知道他如何跟衛生股長溝通，在打掃完後，同學們都走光了，只剩下他三個人才拿到鑰匙，收拾起教室內的打掃工具。

孫澤先一邊抱起整捆掃把一邊抱怨；倒是林忠浜任勞任怨的疊起畚箕，黃文棟抓著水桶，三個人一起往後走到最末一間。

其他班級大部份都走了，只零零星星剩下幾位同學，也都背起書包準備回家。這時已將近六點，天色微昏黑，打開儲藏室的門，裡面冒出一股濃烈怪霉味，進入後，黃文棟竟然把門給反鎖了。

孫澤先把掃把歸放到角落，回頭訝問：「耶！你幹嘛關門？」

「你傻瓜嗎？想等誰來巡察？萬一被查到了可不妙。」

林忠浜聽了猛點頭，最怕被班導或校工發現，好像校方很特別注意巡視這棟二樓教室。

「快打開燈啦！很暗呢。」

「啪！」一聲，天花板的燈亮了，奇怪的是，燈光相當暗，加上牆壁幾近灰黑色，範圍不大，大約只有一坪半左右，但裡面暗幽幽的一片。

掃把、畚箕、水桶、抹布等打掃工具隨便堆放著，還有幾根長竹竿、一把破椅子，斜倚著牆角。

「奇怪了，這裡牆壁有幾年沒粉刷了。」

說著，黃文棟隨手翻工具，輕輕敲拍著牆壁四周揣測說，哪個方向是靠左邊的教室，哪個方向是靠走廊，哪個方向應該屬於……

三個人在裡面還真的有點擠，林忠浜忽然低聲道：「嘿！等等，你們有聽到聲音嗎？」

黃文棟立刻停手，側耳傾聽。

「沒有哇！」

黃文棟說完，正待舉起手，尚未觸碰到牆壁，忽然一股輕微聲響：

「嘟嘟……喀。」

三個人臉露詫異神色，對望了好一下，黃文棟繼續輕敲，尋找聲音來源。因為聲音時有時無，費了很久的功夫才終於找到了。右邊，是右邊的牆發出聲音的！

但是，右邊也是牆壁，林忠浜臉縮了一圈，低聲說：

「這邊牆很厚實，而且，這邊應該是整棟樓的最邊邊牆，哪可能有東西？我看，可能是……鬼聲！」

「呸呸呸！你在嚇自己？」黃文棟接口：「你要知道聲音會迴響，再找找。」

既然有聲音，表示真的有內幕，黃文棟可是很興奮——就要揭開祕密了！

一直沉默的孫澤先，用心專注的循著牆摸索下去。黃文棟則找另個方向的牆。

林忠浜一會摸打掃工具、一下學他兩輕敲地板，顯然，他很不安。

不知過了多久，天都黑了，可是儲藏室裡面沒有窗戶，看不出來到底多晚了。

裡面空氣很糟，三個人都滿身大汗，林忠浜快受不了，說：「我看，我們改天再來探險，好嗎？」

儲藏室了不起就這一丁點大，找不到就是找不到，根本是白搭！

「啊！找到了！」

孫澤先的聲音，讓他們兩人嚇一跳，黃文棟立刻衝過去。

原來，儲藏室左邊牆壁，被一塊直立著的木板遮擋住，木板後面是一道狹窄的木板門，因為木板粉刷顏色，跟牆壁一模一樣，不注意根本看不出來。

木板被放倒到地上，費了好些功夫，將嚴絲合縫的木板掰開，看到一面掛著的布簾，布簾上面有一道發黃的符紙。

大膽的黃文棟毫不猶豫，撕掉符紙、撩起布簾，往內望去。

哇！裡面果然是一間密室！

黃文棟大喜的說：「哇哇哇！好酷，我們超利害呢！」

狹窄的木板門，只容一個人側身勉強塞擠過去。

三個人依序擠進去，哇！裡面更暗了，打開電燈開關，頂上是一只老舊的小燈泡，大概只有五燭光。

三個人費力打量著這間範圍比儲藏室略小些，但沒有任何雜物，所以顯得比較空曠，地上有幾件破敗的孩童衣服、鞋子、玩具……等等。最右邊裡面靠牆，有一張殘破桌子，桌上擺放了許多奇怪的東西。

三個人走近桌子，桌上擺著兩隻不知名獸類布偶，一隻小孩童布偶、香爐、小棺材，小棺材看來精巧又可愛。

香爐、桌面掉滿香灰，看來都很老舊了，起碼有十年以上……

「哇！這就是儲藏室的祕密嗎？」孫澤先說著，往前探頭看小棺材。

「說開了也不算是祕密，看！都是騙小孩的物品。」黃文棟也上前伸手拿起小棺材端詳著：「搞不好裡面有金子、銀錢。」

林忠浜湊近前，牽動嘴角：「真有金子、錢，大家平分喔！」

黃文棟立即把小棺材遞給林忠浜：

第八帖
儲藏室的祕密

「好啊！你開開看裡面有什麼東西，一句話，三人平分！」

個性不知輕重的林忠浜一手接過來，一手打開小棺蓋，忽然一縷細細的淡煙，裊裊升上來，直衝林忠浜臉孔，連眼睛都被蒙得有點模糊，他忙轉頭，還伸手搧了一下。

煙霧小，散的快，林忠浜探頭望小棺材，裡面有一坨暗紅色東西，他以為是布蓋住，伸出小指頭要移開它。

「啊——」

林忠浜猛叫一聲，嚇的另兩人全身上下同時都停頓住，過了一會兒才湊近他，問他怎啦？

「剛剛好像被針刺了一下。」林忠浜端詳著小指頭，什麼都沒看到，小指頭完好沒事。

「剛剛叫那麼大聲，害我嚇一跳。」孫澤先拍拍自己胸口。

黃文棟呵呵笑了：「我知道，這小子其實想嚇嚇我們，好在我膽子夠大。」說著，黃文棟上前看一眼棺材內的東西，裡面空空的，但是林忠浜卻堅稱方才有看到一坨東西，卻又說不清楚是什麼。

一轉眼之際，林忠浜突然又喊一大聲：「哇——」

黃文棟不話不說，出手巴了他的頭：「好了啦！第一次被嚇到，第二次就不管用了！」

「不！不！真的，我看到它在笑！」林忠浜抖手，指著桌上那隻孩童布偶。

聽了，黃文棟和孫澤先雙雙轉頭，看著布偶，就在這時，孩童布偶再次咧開嘴，詭譎的笑了！

三個人退怯著，馬上轉身想逃，可是木板門就那麼狹窄，只容一個人，他三人一陣推擠，結果林忠浜落在最後。

最糟的是，進來時黃文棟關上的門，讓他們差點打不開。

現在，逃都來不及了，他們哪想到要恢復原狀？

☠

兩天後的下午，下課時林忠浜跨出教室，忽然聽到一聲輕笑。

——嗤！

以為是同學開玩笑，他轉頭四下看一眼，耳中聽到軟嫩童音：

——這裡，這裡，我在這裡！

他轉頭，這面正是往儲藏室方向。一個小女孩，大約只有五、六歲，板著黑忽忽的臉，伸出短胖兩隻小手，筆直走過來。

一邊走，臉上一邊變換著面容：一下子是女孩童的臉、一下子轉換成布偶的臉。

第八帖
儲藏室的祕密

它的神情，讓林忠浜想忘也忘不了——正是那隻布偶！

——不要怕，我要感謝你幫我脫困唷！

「哇——」一邊驚吼一邊倒退入教室，林忠浜嚇得渾身打顫。

一位同學正走出教室，碰到林忠浜背後，伸手推開他，他被推出教室，小女孩就在距離他五公尺前面，嚇的他再往後退。

「你幹嘛？」同學忍不住出聲叫。

「你、你、看到沒？一、一個女孩、走過來。」

同學探頭望，又轉望後面，一逕搖頭，轉向林忠浜，笑了：

「你有什麼問題？女孩？被女孩嚇成這樣？叫她來嚇我，我喜歡被嚇。哈哈哈……」

抹掉額頭汗水，林忠浜馬上去找孫澤先和黃文楝，說出方才所見。

「我還聽到它說，兩天前就跟在我後面了。」林忠浜抖著下巴，說。

「什麼？你還聽的到它說話？」黃文楝訝異問。

他們兩人倒沒遇到什麼怪事，對於林忠浜的敘述，半是存疑、半是相信。畢竟他們也親眼看到孩童布偶詭譎的笑容。

「我看，你要不要去廟裡求個平安符？」孫澤先好意的說。

「我……不知道，也不會耶。」林忠浜苦著臉，說。

他說，這件事不能讓爸媽知道。可是他不知道去哪間寺廟？要怎麼求？就拜託他們帶他去。

三個人商量了一會兒，決定晚上七點約在ＸＸ路見面。

晚上七點，三個人準時出現，林忠浜不斷往後看，萬分驚恐的說出……

吃過晚飯，他從家裡出來走在路上，身影被街燈照得拖長了，忽然眼角看到自己身旁出現一個小小人影。他不經意回頭瞄一眼，後面沒有人吶！

他停腳四下尋找著小人影！但是，沒有就是沒有，連隻螞蟻也沒看到！

這時他有些緊張了，撒腿跑起來……不料，小人影跟他始終保持一定的距離，跑到沒有街燈的地方，小人影才消失。

「怎會這樣？」孫澤先聚攏眉頭，聲音愈說愈低：「你有看清楚小人影，是不是那天儲藏室裡的布偶？」

「沒有，我怕都怕死了，還看它？」

「你不會把它踢掉？了不起就是個小布偶，怕它怎樣？」膽大的黃文棟說。

「它有時是布偶，有時是女孩童。」

「沒關係啦，反正我們到寺廟裡去拜拜，求個平安符就沒事嘍。」黃文棟搖頭：「膽子還真不是普通的小。」

「你……讓你遇到，我就看你膽子有多大。」

第八帖
儲藏室的祕密

說話間，已經到達一間規模不小的寺廟。據黃文棟說，之前他姊也是遇到不乾淨的東西，媽媽帶姊姊來消災，他跟著來，才知道這些。

黃文棟這席話，讓林忠浜安心不少，像溺水者抓到了一根救命的浮木。

☠

在正殿上了香，三個人被延到會客堂，黃文棟開口道。

「住持法師，我是黃文棟，之前跟我媽、姊姊來過。我們……」

「我認得你，」住持法師淡然說：「剛才，你們在大殿上香它跟著你們來，就在寺廟外面。」

三個人臉色大變，尤其是林忠浜，更是臉色慘澹。

「我剛才去寺廟外，準備跟它溝通，誰知道，它一下子不見了。」

「住持法師，它這是什麼意思？」

「我想，有兩點可能。」住持法師還是淡淡地說：「一、它不肯妥協。二、它跑掉了。」

「那怎麼辦？我死定了！」林中浜苦著臉，差點掉下淚。

「沒那麼嚴重。」住持法師笑了：「它任意飄盪，隨處跑，對你不構成威脅。要是你又遇到它，它是可以溝通的，先明白它要什麼，我們就應它所求。」

「要是它天天跟著我，我會發瘋。」

住持法師凝眼看林忠浜，徐徐問：「是不是你三個人，對它調皮？或得罪了它，惹它？」

三個人沒答話，低下眼。

後來，黃文楝向住持法師求了個平安符，三個人就離開了。

第二天校工有事，便由班導何昇依照平常慣例，做最後的巡察。

這時，同學都走光了，何昇巡完三樓下來，最左邊開始，一間間查看教室。

經過中間樓梯，他繼續往前，忽然眼角餘光，瞥到樓梯下有個小黑影，於是他往後倒退，再望向樓梯下……不見了！

然後繼續往前，忽然，一股童嫩聲音傳到他腦海：

——呼，看我，看看我，終於出來了啦，哈哈哈……

何昇乍然轉頭，赫！後面一個小女孩模糊著身影，一拖一頓的往前而來……

何昇驚詫的站住，瞪圓眼，在他盯住小女孩時，小女孩一邊走近、一邊幻變得更清晰。看起來她只有五、六歲，沒有雙腳，可是身體像一般人走路似，一上、一下地，等到她靠近何昇時抬頭斜看他，露出淒厲、尖銳眼光。這眼光，讓人不寒而慄。

這時，何昇看得清楚，她小臉上，傷痕累累，有火燙、有刀刮、還有兩道見臉骨的暗紅裂痕，足足劃過她整張小臉……

第八帖
儲藏室的祕密

畢竟是老師，儘管心中非常震撼、顫慄，何昇仍然鼓起勇氣，問：

「妳、妳是哪家小朋友？還……還不回家？」

小女孩雙眼頓然黯沉，搖頭。

何昇顫抖著上、下唇，不知覺開口問：

「沒……沒有家？」

小女孩猛點頭，點頭速度快得離譜，根本不像一般人可以做得到的。

一上、一下點著頭之際，她的臉變了，幻變成一張布偶的臉；同時身軀、四肢也縮變小……最後變成一隻小布偶，癱在地上。

何昇瞪著雙眼，到這會兒整個人才如夢乍醒，但卻呆立著不知所措。

天色更晦暗，周遭也暗矇矇，忽然毫無預警地襲來一股寒風。

——呵……呵呵，可憐的孩子，我不甘心，不甘心呀！

何昇聞聲，轉頭右望，旁邊就是走廊，走廊外凌空出現一張約三、四尺的女人臉龐，怨怒的臉上流淌著兩道血水。

周遭冷陰陰、寒凄凄，何昇暈眩的倒下，在倒下之際，耳旁響起嫩童音：

——媽，媽，我痛……痛……我想妳呀，呼嗚……

☠

放學了，黃文棟拿起書包，準備跟著孫澤先一塊走，衛生股長喊住他。

「黃文棟！等一下。」

黃文棟轉頭，衛生股長走近來：「不准走，你要幫忙我收拾打掃用具，才可以離開。」

真的很不想留下，但這可是跟衛生股長早就約好了的，所以那天才可以順利拿到鑰匙啊！

黃文棟轉向孫澤先：「嘿！好友就是有福同享有難同當，一起留下吧？」

「什麼有難？不過就是收個掃把而已。」

孫澤先很不願意，但最後還是答應了黃文棟，黃文棟說的對：人多壯膽。

今天是陰天，打掃的同學動作慢有些耽誤，等打掃完都離開已經六點多了，衛生股長檢查完畢，三個人分別抱著、拿著用具延著走廊而去，別班的同學們也幾乎都走光了，而天色也在瞬間暗了下來。

走到最末間的儲藏室時，黃文棟站在外面，讓孫澤先和衛生股長把用具收進去。

黃文棟沾沾自喜，認為自己很聰明，不要進去儲藏室就絕對沒事啦！

——嘻……嘻嘻。

黃文棟不經意轉頭，並沒看到什麼，他正要回頭，突然地上的一坨白灰色東西特別顯目，引得他馬上轉眼望過去！

第八帖

儲藏室的祕密

周遭一片暗嘿，那陀白灰色東西迅即擴大，還凝聚著豎立起來，同時變成黯青灰色。再瞬間，黯青灰色形成一大、一小兩團逐漸清晰，黃文棟嚇得欲往後退，不慎摔倒在地。

是一個女人，牽著著小女孩。小女孩，大約五、六歲，發出童嫩音。

——我愛妳，媽媽！

——妳現在不就是跟媽媽在一起了。

——媽媽，我……痛痛……

——現在還痛？都是他們害的！我恨他們！

說到這裡，女人轉望向黃文棟，倏然間，女人臉龐腫脹起來，怨怒的臉上流淌下兩道血水。女人腫脹的臉，足有三、四尺大，同時伸出雙手，往黃文棟抓過來。

黯黑的走廊，旋颳起一股寒風，冷陰陰、寒淒淒，黃文棟心膽俱裂地轉身，手腳並用，狗爬式的爬進儲藏室……

再說儲藏室內，其實也不安寧，孫澤先心裡有鬼，放下工具轉身就要退出，衛生股長適時拉住他，說道：

「咦？奇怪，你來看看，為什麼木板會在地上，它不是都倚在牆壁……呃！布簾？還有通道。」

說著，衛生股長不小心踩到地上符紙，繼續探入狹窄的門內。

「喂！不要進去，我要走了唷。」

甩開衛生股長的手，孫澤先發現側身被另一隻畸形的手緊緊拉住，他甩不開，循著手，望向旁邊，啊！是布偶！

但這隻布偶的手，未免長的不像話，孫澤先又跳、又甩，始終甩不掉布偶，他急得滿身大汗。

就在此時，裡面的衛生股長驀地死命衝出窄門，還狂吼嚎叫：

「哇──救命！鬼呀！棺材內有鬼！」

他的聲音引發寒蟬效應，使孫澤先也高聲尖叫，兩人跌撞衝出儲藏室之際，腳下踩到黃文楝身體，三個人摔跌成一堆。拚盡全身力道，狂叫驚吼著，聲音足可衝破已掛下黑幕的雲霄。

☠

「怎會發生這種事？何老師，你有沒有看錯？」老校工皺著花白眉頭。

何昇說話語氣雖然輕鬆，可是心裡是顫慄不安的。

何昇很年輕，到這間學校執教鞭不到五年，所以對於校內的事務，有些還不是很熟。

「唉唷！老李，我會胡說嗎？」

「不！我不是這個意思。」李校工翻翻黃濁眼白，花白眉頭還是皺得緊緊的。

「不然呢？」

「那，以前發生過……奇怪的事嗎？」

「沒有，從來沒有。」何昇篤定的搖頭。

「你確定？」何昇點頭，李校工接口問：「務必嚴格交代學生，絕對不能流連在儲藏室，你……」

「我當然嚴格規定嘍，他們不會去儲藏室。」

「這更奇怪了，已經過了將近十年都一直很平靜，沒聽說過什麼。」

「到底是什麼事，能說清楚嗎？知道的話，容易處理。」

「學生呢？有聽他們說什麼嗎？」

「這倒沒有。」何昇忽想到說：「耶，有幾位同學請假沒來上課。」

李校工頓然睜大眼：「請假理由呢？」

想了想，何昇接說：

「病假和事假，一個感冒，一個扁桃腺發炎，一個家中有事。」

「老師有去探病嗎？」

「你以為學生說謊？」

李校工的懷疑不無道理，在何昇建議下，兩人決定走一趟儲藏室。

結果，看到倒在地上的木板、地上符紙、被撬開的木板門，李校工神情大變，臉現怒容：

「何老師！學生說謊，還闖下大禍！」

發現儲藏室內另有天地，何昇也震訝不已，兩人回到教職員教室，李校工絮絮說出……

桌面上的東西，全隸屬於工藝課老師江葵花老師所有。

江葵花二十七歲那年到學校教工藝課。不到一年，她請了產假，但對於她的家庭隻字不提。偶而有老師問她先生在哪高就，還有兄弟姊妹、父母之類的，她都避而不談。

不久，她銷假來上課，同仁們也不知道她是生男生或生女。

過了幾年後，有一天江老師請假，再來上課時雙眼紅腫、神情憔悴，同仁關心她，她轉開話題並沒有說什麼。

是有一位老師，無意中提起她家裡的孩子都是託母親帶大被寵的不像話，她才跟著搭話，說起她女兒是請託保母，還說女兒的生長好像不太順利。但究竟怎樣，她也語焉不詳。

江老師跟學校申請單身宿舍，一直居住在校內，後來同仁從人事處那裡才知道，原來她單身並未結婚。不過，她好像每天都抑鬱寡歡，不太跟同事有互動。

直到隔年，也就是江老師三十三歲，她向校方請了長假，理由是她的女兒亡故了！

這件事，讓同仁們異常震驚。大家很同情她的際遇，都說一定是遇到不好的男人，導致她不想下嫁，單獨養大女兒，不料，唯一的女兒又這樣，她的心一定很痛。

銷假再來上課，江老師每天除了正常上課之外，都關在宿舍內，鮮少出門。

一天傍晚，李校工好心煮了碗麵送到江老師宿舍，敲開門，驚見她身著長袍，神容猙獰，屋內飄出金紙、濃烈的香味，她婉拒李校工的好意，迅速關上房門。

李校工把這件事向教務主任報告，不過因為江老師沒有耽誤過課業，教務主任只跟她談過一次話後也就沒事了。

之後，江老師對課業很用心，也相當關心同學，只是她卻日漸消瘦，同事要她去看醫生，她也只是笑笑。

後來，李校工斷續聽到江葵花說她女兒托保母帶，卻受到保母虐待，她不甘心，她恨，她要報復！

李校工安撫江葵花的話並沒受到接納，她仍然滿臉瞋恨地說：要報復。

直到十年前，也就是江老師四十四歲那一年，她病歿了。校方清除她的宿舍時，發現桌上有一張小女孩照片、兩隻不知名獸類布偶，一隻小孩童布偶、一只香爐、一口精緻小棺材。

李校工把小女孩照片燒掉，其他東西都丟到垃圾桶去，不到半天時間，馬上發生事故，例如，被門夾住手、燒水時被水燙到、吃飯時噎到，緊接著李校工發現被清除的布偶、香爐、小棺材，出現在他房間門外。

這樣的事情一再發生，校方警覺到不對勁，便想盡辦法安置這些物品，但是，怎麼安置怎麼不對，甚至學生都受到驚嚇，說看到個小女孩、加上一個女鬼……

李校工推測，這個女鬼應該就是——江葵花老師。提起這些，李校工依然餘悸猶存。

最後，校方請來一位道師，道師看過風水後，決定把這些物品安藏在隱密的儲藏室處，加上神符封住，事件才落幕。

而今，既然被調皮同學給撕掉符紙，李校工迅速向校方報告後，還是請那位道師來，把這些物品再存封進去，事件總算又平靜下來了。

只是，不知道以後還會有不知情的誰，再次挖開這個祕密，再把它們給釋放出來……

第九帖

攝魄魔鏡

又是中午休息時間，有人趴在桌上午休；有人去外面活動；有人跑福利社；也有人聚集一塊兒說鬼故事。

幾位同學，團團圍住賴玉琪，就是在談鬼說怪。

「你們知道，關於鏡子的鬼故事嗎？」

「唉唷，鏡子的鬼故事老套了啦！」嚴正山首先發難：「不知道都聽過多少了。」

紀秀珠接口，賣弄著說：

「對啊，我聽說在半夜十二點整，點一盞蠟燭面對著鏡子，裡面會出現一隻鬼。」

賴玉琪臉上是神祕表情，看看大家：

「沒錯！那，關於我們學校的鏡子鬼故事呢？聽過嗎？這跟妳剛剛說的不一樣呢。」

紀秀珠和施吟菁同時搖頭，四隻眼睛透出專注眼神。

「說起這個，」嚴正山放低聲音，點點頭：「入學前，我聽說過一些可怕的事。」

「真的假的？」紀秀珠忙問。

「不知道，可是入學半年來也沒遇到過什麼。」嚴正山雙手一攤：「我認為那都是老套，用來嚇唬人，可是學長卻言之鑿鑿。」

賴玉琪不以為然地說：

「那是因為你沒遇到，如果遇到了你就知道，不是你想的那樣。」

「不然，妳說說看，看我會不會被嚇到。」嚴正山說：「嚇不倒我，換我嚇妳們。」

賴玉琪頷首，把聽到的加油添醋絮絮說出來。

學校裡很流行班對，就有一雙很登對的班對——呂家同和蘇茵茵。

剛開始，兩人祕密交往，後來有同學發現了，他倆就開始公然出雙入對。

呂家同雖然長相一般般，可是一張嘴很甜，很有女生緣，蘇茵茵曾告誡過很多次要他收斂，不過本性難移，所以兩人為此常常爭吵。

不知道是呂家同無法忍受蘇茵茵還是什麼原因，終於，蘇茵茵聽到了風言風語，說有同學看到呂家同跟別班女生，下課時一起去吃冰。

蘇茵茵立刻展開暗查，雖然沒有查出呂家同跟女生在一起的確切證據，不過，蘇茵茵倒是查出那位女生，是仁班的風紀股長——王曉媚。

已經查出這個女生，就算是證據了，蘇茵茵態度開始轉變，兩人爭吵也愈來愈兇。

有一回，兩人又吵架，一整天都不說話。放學後，蘇茵茵不動聲色，暗中跟蹤呂家同。想不到，始終否認的呂家同，居然去仁班，等王曉媚一起下課，一起步出教室。

一把熊熊醋火，頓然燒旺起來，蘇茵茵不顧一切，追上前質問。

大家臉色都很難看，尤其是呂家同，當場被逮到，尷尬又生氣，就更加口不擇言了：

「下課跟誰一起走，是我的自由，要妳管？」

蘇茵茵以正牌夫人身分，口氣很犀利：

「被我抓到啦！要嘛，也找個比我漂亮的，居然找這種貨色？」

長相真的比不上蘇茵茵，王曉媚含著兩行淚，低著頭。

本來對蘇茵茵懷著歉疚的心，因看到王曉媚這副樣子，讓呂家同倏然倒戈，畢竟事情因他引起，所以他語氣很嗆：

「我就喜歡溫順的女生。」

「嗯，原來你喜歡單眼皮，塌鼻子的女生？我還高估了你！」

受不了周遭同學異樣的眼光，王曉媚掩著臉，一轉身奔向前去了。

「喂！喂！」呂家同伸手，拉了個空。轉向蘇茵茵，忿忿說：「妳傷到她了。」

話完，呂家同丟下蘇茵茵去追王曉媚。

「呂家同！你給我回來！」何曾受過這待遇？蘇茵茵氣的跳腳，更恨了：「不回來，我永遠都不會再見你！」

呂家同沒有回頭，兩人也算撕破臉了，當晚蘇茵茵沒有回家。

第二天，班導林惠美找呂家同來問話，並說起昨晚蘇茵茵沒有回家。呂家同把昨天吵架的事，向班導坦承。

蘇爸爸只好報警尋人，林惠美在學校內，也展開尋人啟事。

第四天，別班同學發現蘇茵茵躺在教室角落，於是她被緊急送進醫院。之後，蘇爸爸來學校，替蘇茵茵辦理休學。

本來，事情到此算是告一段落，但是同學們相當好奇，到底蘇茵茵發生了什麼事？沒人知道答案。

唯有一件更奇怪的事，是老師告誡同學們，晚上七點半過後，不要流連在教室內，尤其是不要站在鏡子前面。

☠

學期結束的前一週，受不了同學們的指責，呂家同只好在幾位蘇茵茵的麻吉好友陪同下，去蘇家探視蘇茵茵。

按了很久的電鈴，蘇家沒人出來應門，一行人正想離開時，鐵門忽然開了，是蘇家的鄰居——許太太。

「你們找四樓蘇先生嗎？」

呂家同點頭，說他們是蘇茵茵的同學，來探望她。

「你們不知道嗎？她住院很久了，還沒回來。」

大家都吃一驚，問出醫院院址，接著轉往醫院。

到了醫院才知道，這是一間精神科療養院，蘇爸爸、蘇媽媽原先拒絕同學們的好意。不過，呂家同鼓起三吋不爛之舌，說他必須當面向蘇茵茵懺悔他的不對。

最後，蘇爸爸、蘇媽媽禁不起同學們要求，只好帶他們去病房。

蘇茵茵背向房門，坐在窗前發呆，等看清楚蘇茵茵時，同學們都吃一大驚。

原本漂亮、甜美的蘇茵茵，整個樣貌都變了，瘦得皮包骨，塌陷眼窩內，眼瞳渙散，沒有聚焦，當然也認不得同學誰是誰。

出了醫院，大家心情都很低落，尤其是呂家同，良心更是受到責備。

☠

暑假過後開學了，同學們寄望能夠把不愉快的事情忘記，一切重新開始。

但，讓蘇茵茵麻吉同學很不爽的是，呂家同跟仁班的王曉媚還是走得很近。

一天中午時間，王曉媚站在教室門口，大家都知道，她是來找呂家同，可是她竟然雙眼紅腫，好像哭過的樣子。

她跟呂家同就在教室門口談話，這引起同學的好奇，躲著偷聽。

「我嚇死了，怎麼辦？」王曉媚哽咽著說。

「不！不可能！」呂家同斬釘截鐵、大聲說。

王曉媚沒有接話，細聽之下，原來她在啜泣。偷聽的女同學，禁不住好奇心，走出教室，用微帶責備的語氣，向呂家同說：

「呂家同，你欺負人嗎？」

「靠！我哪有！」呂家同臉脹得紅通通。

另一位故意挑釁道：

「王曉媚！我們站妳這邊，妳說，他對妳怎樣了？」

呂家同更尷尬了，伸手推一下王曉媚：

「妳說，說給她們聽，那天他們也看到了，蘇茵茵在醫院，哪有可能出現在學校？」

同學們更好奇，在她們鼓勵下，王曉媚說出……

昨晚她們輪值打掃公用的樓梯，掃到轉角時王曉媚眼角看到有東西在晃動，她轉頭望去……

轉角掛著一面大鏡子，鏡子內有個背影，剛剛在移動。

直覺告訴王曉媚，背影應該是自己的影子吧！她靜止的盯視著鏡子…忽然，她發現不對！

她是面對著鏡子，為什麼鏡子內，是一道背影？而且，這背影不是她！

因為背影異常瘦削，瘦到只見骨架支撐著一襲長及膝蓋的寬鬆長袍。

想到此，鏡子內的背影，緩緩動了，緩緩轉身……王曉媚驚赫的倒退，手中掃把不自覺掉到地上。

瘦削的背影，終於轉到正面，下巴尖瘦，雙頰削的不見肉，凹陷的兩個大眼窩，當中兩顆縮的過度細小的眼瞳，鬼魅似的瞪住她。

王曉媚心口凸跳不止，這面容雖然瘦得不像話，卻有些熟悉，到底是誰？

突然，肩膀被人拍了一下，王曉媚嚇的跳起來，尖叫出聲。

原來是跟她一起打掃的同學，也被她的叫聲嚇了一大跳。王曉媚轉身，緊抱住同學，伸手指著鏡子。

同學勉強推開她，直嚷嚷：「沒什麼呀！鏡子沒什麼呀！」

這時候，王曉媚想起來了！她是蘇茵茵！

☠

說到這裡，賴玉琪吐口長氣，嚴正山也呼了口氣，舒緩一下自己胸口。

靜默了一會，紀秀珠開口道：

「這樣聽來，有鬼的大鏡子，應該是X棟教室樓梯轉角那面大鏡子？」

賴玉琪頭搖了一半，尚未出聲，嚴正山接口說：

「不是喔，這跟我聽到的可怕事件不一樣。」

賴玉琪轉頭，問說：

「是嗎？」

施吟菁開口問：

「後來呢？蘇茵茵變怎樣了？」

「不知道，後來我就沒聽說什麼了。」賴玉琪聳著肩膀：「我剛剛不是說了？有一件更奇怪的事，是老師告誡同學們，晚上七點半過後不要流連在校園內，尤其是不要站在鏡子前面。」

「為什麼？」

「不知道。妳們也知道，教職員辦公室外不是有一面鏡子？」

在座眾同學紛紛點頭不迭。

只聽賴玉琪接著說：

「有人猜測，是不是老師也在鏡子裡看到什麼？當然，這只是傳言，老師不可能說出真相。才會告誡同學們，晚上七點半過後，不要流連在校園內。至於說『不要站在鏡子前面』，或許只是有人添加上去的話。畢竟只是傳言，不可盡信啦！」

「耶，這樣聽來，」

嚴正山笑著，接口說：「凡是有鏡子的，最好離遠一點。」

「嗯，你說的有道理，」賴玉琪說。

紀秀珠眼睛一瞪：「什麼啦？我隨身都帶一面小鏡子那怎麼辦？」

聽了，有的失笑；有的點頭；有的搖頭……

施吟菁轉向嚴正山：

「你剛說，聽到不一樣的可怕事件，說出來聽聽嘛。」

嚴正山環視大家，大夥不約而同點頭，賴玉琪看一下課表，下午第一節課是自習，盛情難卻之下，這次換嚴正山說了。

翁庭韋是一名資優生，無論大考、小考，他總是獨佔第一。有一次期考，意外的是，向來屢居第五名的女同學——詹秋香跳竟然跳到第一名，翁庭韋掉到第二名。

這件事讓翁庭韋很沮喪，如果是第二名同學擠進第一名，還情有可原，這次竟然輸給第五名？

名次公佈的一整天下來，意外加上頹喪，翁庭韋心情始終抑鬱低沉。

下課同學都走了，整間教室獨剩下翁庭韋。

反正教室都沒人，翁庭韋闔上書本，靠著木質椅背，頭往上仰看天花板，沮喪心情還是無法消除。

他一直想著，為什麼這次考試，會落馬失掉第一寶座？他跟平常一樣用功，無論回家、在校，都書不離手呀！是什麼原因？原因是什麼呢？

坐了很久，也想了很久，卻想不出來，整間教室暗濛濛的，恰似翁庭韋鬱悶的心情。最後，肚子「咕嚕嚕！」的叫聲，喚醒了翁庭韋。

收拾好書包，手機忽然響了，看了一眼，本不想接，是媽媽，他勉強按下接聽，向媽媽報告說還在圖書館念書，按掉電話，他離開教室。

教室在三樓，一邊走，翁庭韋一邊想：只好去找老師吧，也許可以問出我退步的原因。

這樣一想，他腳步頓然輕快起來。

走近導師辦公室，裡面暗暗的，老師都走了。

翁庭韋不死心，舉起手敲敲門——當然沒人應門啦！

他心情更是跌宕到谷底。一股自我意識升起：連老師都不理我，可見我這次很糟、糟爛透了！

呆愣了一會兒，他無力倚著牆壁整個人往下滑，滑坐在地上，忍不住兩行熱淚往下掉……

旁邊忽然遞出一疊衛生紙，翁庭韋沒看到，拿衛生紙的手，輕輕觸碰他臂膀。

他轉頭，垂低的眼看一下，立刻接過紙，往臉上抹。

忽然他想到，老師不是都走了？這又是誰的手？

他轉頭，入目之下整個人彈跳起來，這隻手，是從鏡子裡伸出來的！

當下一片黑暗，唯獨鏡子有些微反光，其它根本看不清楚，他急急掏出手機，按下光源投射向鏡子。

老師站在鏡子前露出笑，但在這暗濛走廊上，顯得特別詭譎。

「呵……」

「老、老師。你還沒回去？」

導師點頭，聲音粗啞：

「老師知道你有困難。」

「啊！」霎時，翁庭韋像找到知音般，鬱悶一掃而空。

「要不要跟老師談談？」

「要！我正想找老師，不知道……」

翁庭韋轉頭看一眼教室，教室內依舊暗黑一片。

「那，跟老師來吧。」

說著，老師轉身往前走，翁庭韋抬腳正想跟上前，忽然，他發現老師不是往後或往前，而是往側面那邊走。

翁庭韋記憶所及，側面這邊不是牆壁嗎？依稀記得牆壁上還掛有一面鏡子。

翁庭韋無意識地低頭望去，啊！老師沒有腳，他大腿以下，合併成一股……就像兩隻小腿合併黏在一件褲子內，褲子不見底的往下延長，彎向前，導入前面，而前面有幽幽暗芒，這暗芒正是鏡子發出來的……

☠

翁媽媽因為兒子一整夜沒回家，擔心得要命，打電話到學校、圖書館都沒有人接聽，又打給翁庭庭韋的導師，老師也不清楚他的去向，翁媽媽又找了幾位兒子的好朋友，大家都不知道他是怎回事。

煎熬了一夜，次日一早就趕來學校。

再說學校這邊，清晨一大早，校工例行要巡校一遍，發現翁庭韋倒在教師教室門口前，嚇了一大跳，連忙上前呼喚他，但怎樣都叫不醒他。

剛好翁媽媽到學校來，雖然看到兒子是放下一顆心，但兒子的情形反讓她更擔心，連忙送他去醫院。

說到這裡，嚴正山頓住了。

紀秀珠性急的問：「結果呢？」

「結果，聽說他現在還躺在醫院裡。」

「你怎麼知道的這麼詳細？」賴玉琪問。

「高我們三屆的學長，現在已經畢業升上高中了，他住我家附近，知道我將升國中，跟他一樣就讀他的母校，是他跟我說的。」

「哈！哈哈哈……」賴玉琪突然笑了。

其他三位同學，莫名其秒的看她，她笑不可抑的指著嚴正山：

「傻瓜！他故意說鬼故事嚇唬你的啦！」

嚴正山搖頭，一臉正經地：「不！我相信他說的。他告誡我，沒事離鏡子遠一點。」

「呵！你真好騙吶！」紀秀珠接口說。

「妳們都不相信？」嚴正山眼睛一一掃過其他三位女生：「好！待會下課後我們一起走。」

「幹嘛？為什麼要跟你走？」賴玉琪瞪住他。

「去找學長。他之前跟我說過，不信的話可以帶我們去探望翁庭韋！」

此話一出，三位女生都靜默下來，好一會兒，紀秀珠才說：「那……那個翁庭韋現在怎樣？」

「聽我學長說，好像變成植物人了。」

「你沒騙人？」賴玉琪道：「難道說，傳言根本就是事實？」

嚴正山輕輕點頭：

「學校老師告誡我們：離境子遠一點，還有晚上七點半過後，不要流連在校園內，所以，我覺得有可能是祕而不宣的事實。」

紀秀珠、賴玉琪和施吟菁全都變臉，沒人接話，突然不知是誰的手機響起來，害大家都嚇一跳。

一會兒，施吟菁掏出她的手機，喂了一聲，她臉色乍變，掩住手機連忙退出教室接聽。

「總之，我們今天下課後就去找學長證實一下嘛！」嚴正山接口說。

「幹嘛證實？」

「如果只是傳言，當然就當作說故事；如果是真的，我們可以提高警覺，不要在鏡子前面整妝。畢竟，已發生了兩個個案，妳們不覺得恐怖嗎？」

嚴正山說得有道理，女生們都默認似的沒接話，經過一番商議後，大家作出了決定。

這時，施吟菁走進教室，賴玉琪邀她放學後，大家一起去找學長，證實鏡子的傳說。

施吟菁臉色白慘慘地搖頭，口氣頹喪極了：

「我有事，先走了，」

「喂喂，還沒下課哩。」

「我要跟班長請假，有急事。」

在座三人，目瞪口呆的看著施吟菁，走向班長說了些話，低調地背起書包，踏出教室。

「砰砰……乒乒乓乓……」一陣摔杯拋碗聲，急遽響起，夾雜著更響的男女謾罵聲，還有小孩子的哭聲。

施吟菁抖著手，好不容易插準鑰匙，打開門。突然一只鐵鍋飛出來，她急忙低下頭，剛好閃開，鐵鍋摔出外面樓梯間的牆，發出巨聲。

施吟菁轉頭，看掉到地上的鐵鍋，想去撿，抬眼看到樓上鄰居站在樓梯口，臉上一副嫌惡樣，施吟菁一怒，跨進門，「碰！」一聲，用力甩上門。

家裡就是這樣，經常上演武打劇，起因是父親沒有工作又喜歡酗酒，家中經濟來源只靠媽媽幫人洗碗、打零工，常常寅吃卯糧。

媽媽看不下去，剛開始是叨唸父親幾句，可是父親總是故態復萌，媽媽從碎念變成大聲謾罵，父親就藉酒裝瘋，不只回罵，還動手摔東西、打媽媽，甚至會打弟、妹。

鄰居受不住吵鬧，有人打電話報警，警察來過幾次，結果安靜不到半個月，事情還是一再重演，所以施家被列入問題家庭。

生活在這種家庭，施吟菁真的非常痛苦，不但無法勸解，更無法改善，她曾向媽媽建議，想輟學去打工賺錢，媽媽不准，說這樣賺不了幾個錢，不如等畢業後再說。

就這樣，家裡始終不得安寧。

剛剛是媽媽打她手機，說家裡翻天覆地了，要她趕快回家照顧弟妹。

就在父親舉高手，要甩妹妹耳光時，施吟菁奔上前抓住父親的手，父親惱怒得轉打她，她半個臉頰頓時腫了起來，她大吼道：

「你到底要怎樣？」

父親又摔她一巴掌，大聲道：「住口！妳不能賺錢還吼什麼？有什麼資格吼我？」

這下子兩邊臉頰都腫痛起來，父親繼續罵，不只罵她，也罵她媽媽，聽了老半天，施吟菁發現父親沒有喝酒，他很清醒，聽他謾罵，她才知道父親的意思。

原來，鄰居有位高中沒畢業的女孩，去酒店當小姐，每個月都捧回大把、大把的鈔票，她一家人吃香喝辣，過的可好了。

父親好幾次跟媽媽商量，要施吟菁休學也去酒店上班。

這會兒，施吟菁終於明白，最近一個月來，媽媽數次欲言又止的奇怪樣子，原來……

施吟菁腫脹的臉，加上冷肅神情，簡直像鬼魅，她轉向媽媽：「媽！妳也……

這樣想嗎？」

媽媽垂著雙眼，無力癱坐在地上，聲音很低：「妳爸爸……都找不到工作，我、我也不知道該……怎麼辦。」

偌大客廳頓然安靜下來，連嚎哭的弟妹也感受到不尋常的氣氛，吞回哭泣聲。

「弟弟奶粉沒了，房租拖欠了五個月，房東說多少繳一點，明天是最後期限，不然叫我們搬出去，否則，他要請警察來……。」說完，媽媽掩臉而泣。

恍如晴天霹靂，震得施吟菁整個人都渾噩了。

怎麼搞得這麼糟？從沒聽媽媽說過這件事，現在她只聽出，媽媽……也同意父親的意見。

心頓被撕裂般刺痛起來，比她腫脹的臉，更痛、更痛。轉身，施吟菁打開大門，媽媽在身後喊她，她充耳不聞，往外奔了出去，耳中依稀聽到父親大聲謾罵：

「去死算了啦！又不能替家裡分擔生計，生這樣的女兒，有什麼用處？」

☠

天暗了下來，華燈初上，到處是歸家的上班族、學生……只有施吟菁，宛如失了魂，漫無目地，一條街又一條街的遊蕩著。

路人都向她投射出怪異眼神，她不得不選擇偏僻、少人的道路走，因為她急需要找個無人洞躲藏起來。

忽然抬眼，啊！不知覺間，竟走到學校了，她毫不猶豫，一腳踏進去。

「去死算了啦！」父親的話，一再響徹她耳際；媽媽掩臉而泣的模樣，一再浮上她腦海中，該怎麼辦？怎麼辦？

休學去酒店上班？天啊！從沒想過這種齷齪事，會降臨到自己身上？之前她就說過想去打工，那，父親和媽媽是嫌錢賺得少嗎？

——妳現在才知道呀？

淚流滿腮的施吟菁，轉頭尋找聲音來源，是同學嗎？還沒下課？

轉頭之際，施吟菁發現自己竟然坐在A棟教室的樓梯轉角，她過度傷心，已裝不下白天，同學說過的鬼故事，還有老師一在交代的禁忌事件。

「那！給妳！」

隨著聲音，一隻手出現在施吟菁身旁，她低眼看，是一疊衛生紙，她想都不想，一把接過來往臉上擦著。

「妳會想死嗎？」

吃了一驚，拿開衛生紙，施吟菁身邊坐著一位同學，她身上制服相當老舊，但看的出來也是校內制服。

很陌生的面容，施吟菁沒有回答，同學接口說：

「妳父親叫妳去死，妳不會真的想死吧？」

施吟菁點頭、又搖頭。喉頭湧出一股酸楚，淚又簌簌而下。

「呵！別擔心，跟著我，一切都沒問題。」

「妳……妳是誰？」又擦一把淚水，施吟菁問。

「我姓蘇，名叫茵茵。怎樣？跟我走吧？」

蘇茵茵，這名字很熟，施吟菁無意識的點頭，她想的是聽過這個名字，所以她真是校內同學了，蘇茵茵認為她同意了，伸出手，緊緊拉住施吟菁，起身欲走。

施吟菁跟著起身，欲縮回被拉住的手卻抽不回來，不由自主的跟著她，轉身抬腳跨入一道門檻，才跨入一半，驀地發現，這是一面鏡子，她跟著她正要走進去！

不！不要去！

有一股對鏡子的惡劣印象，從施吟菁心底裡浮上來，她連忙縮回腳，但已經太慢了，手緊緊被拉向前，害她往前摔，整個人了跌進去……

——為什麼？為什麼想縮回去？

聲音像是分歧了，變成一高、一低的合音，差點響破施吟菁耳膜，她張嘴、轉頭、望去……一個瘦得皮包骨的女生，骨架支撐著一襲長及膝蓋的寬鬆長袍。她下巴尖瘦，雙頰削的不見肉，凹陷的兩個大眼窩，當中兩顆縮的過度細小的眼瞳，鬼魅似瞪住她。

——妳家人要你死，跟著我在這裡，包準妳無憂無慮的過日子，懂嗎？

施吟菁身軀劇烈的顫慄著，忽然，旁邊平直的飄出一個男生，張著大嘴巴，喉嚨塞著一根塑膠管子，這樣應該沒辦法說話？可是施吟菁卻聽到他嘻嘻笑著：

——看看我，不必天天K書，不必擔心名次被搶，在這裡過的可好嘍！

這會兒，施吟菁想起來了，伸手指著他，脫口說：

「我聽過你，你是……」

——翁庭韋！

男生木然的臉，像一張紙，只能聳著雙肩：

——有妳作伴，太好了！

——可是，我們還是要多抓幾個來作伴，不然它會懲罰我們。

說著，蘇茵茵細小眼瞳，快速左、右；右、左的轉動不已，看來更驚悚。

翁庭韋木然的紙臉，湊近施吟菁：

——別怕！妳也跟我們一樣，不是完整的身軀喔。喏，看看妳自己。

施吟菁低頭，看到自己整個人都是白色、透明，視線可以穿透她身子，看到她身子後面的蘇茵茵長袍。

「不——不要，我不要死。」

大聲哭喊著，施吟菁轉身，往後跑，她記得出口處在後面，狂奔了一陣，卻始終看不到出口，只有一片白茫茫煙霧，她還是奮力奔跑著。

忽然，前方出現了一列人：賴玉琪、紀秀珠、嚴正山，還有她父親、媽媽；老師、校工……

「救命呀！誰救救我？我在這裡啦！」

施吟菁用盡全力，繼續奔跑、揮舞著雙手、大聲哭喊著……可是，白茫煙霧中的那群人，居然沒有人看到她！

她又急又驚又怕，不斷地奔跑不斷求救，就是沒有人聽到！

接著，那群人逐一消失，好像要離開了似，施吟菁更急，喊得更大聲，突然間，她聲音梗在喉嚨發不出聲來！

因為，在白茫茫的煙霧中，她看到了自己被兩個人抬抱起來，往前而去。

「天呀！爸、媽媽！我在這裡，那不是我，真正的我，在這裡呀！你們不要走！」

被抱住的施吟菁，跟所有的人，逐漸消失！

「誰？誰快來救我出去！拜託！救救我……。」

聲聲求救聲浪，漸漸低下來、終至消失在她，不！現在應該稱「它」，聲音消失在它的喉頭裡！

第十帖

浴室怨靈

聽到這個訊息時，筆者立刻出發到這間學校，經過校內熱心同學的指點，筆者費了不少勁，才找到當年的當事者。

這位當事者畢業後，現在是台北西區圖書館館員，據她所稱，當年因為她，連帶同寢室的學姐也遇到不可思議事件。所以，本段是當事人的真實際遇。

大學剛入學的新生，都規定要住校舍。

一間寢室，可以住四位同學，周秀錦和郭芳儀、馮麗貞、葉姍四位住同一間女生宿舍。

女生宿舍共有三層樓，她們的寢室在三樓倒數第二間，最末間是公用廁所和浴室。

葉姍，跟周秀錦和郭芳儀、馮麗貞等四位同學同個寢室。

葉姍漂亮又大方，剛進大學就吸引許多目光，因此認識學長羅明軒。

郭芳儀學姐曾私底下跟葉珊說過：「羅明軒學長這個人，是很優秀，不過，仰慕他的女生很多，想跟他走下去的人要有這個認知唷！」

葉姍只淡然一笑，沒回答。

有一天傍晚，葉姍倚在床鋪，看到周秀錦拿著臉盆回到寢室，看了一眼手錶，訝異的問：「嘿！才幾點而已妳就洗澡了？」

點點頭，周秀錦甩著濕濡髮絲，說：「嗯！前天、昨天輪到我時已經十一點多，那麼晚，我沒辦法洗頭，所以今天早一點去洗。」

說著，周秀錦把臉盆放到床鋪底下，用乾毛巾擦著頭髮。

「這很正常呀，人多，浴室不夠用。」

說著，葉姍下床準備出去晚餐，便問周秀錦要不要幫她帶晚餐回來。

「好呀！謝謝。」

葉姍走後，過了好一會兒，有人按門鈴，周秀錦叨念著去開門：

「回來了嗎？沒那麼快吧？還不到半個小時哩。」

門外空空地沒人，周秀錦左右看看，奇怪的搖著頭，關上門退回到床鋪時，門鈴又響。

她去開門，外面依舊沒有人，她有點生氣了，誰開這種無聊玩笑？

第三次，她沒有馬上去開門，而是輕輕走到門邊，湊近門上的小孔，往外望去。

這時是傍晚時間，另一邊的窗外，依稀有微暗的殘陽餘暉透進來，校內提倡節能省電，走道上尚未開燈。

幽暗的門外走道上，站了個女生，頭俯垂的很低，周秀錦不認識她，但是可以肯定，她不是同間寢室的同學。

周秀錦「啪！」地打開門，咦？門外空空的沒人！

左右看著通道也完全看不到人，周秀錦不爽地說：

「是誰啦？弄錯寢室也不會道歉，討厭！」

說著，她用力甩上門，讓對方知道自己很生氣。

就在她退回兩步時，門鈴再度響起，她輕悄走近門邊……專等門鈴再響，倏忽打開門……

沒有人，再往左右通道看看，完全沒人，空曠狹長的暗幽幽通道，無端拂來一股寒意，不過正氣惱當頭的周秀錦，沒注意這許多。

深吸口氣，周秀錦將怒氣勉強壓回肚內……就在她勘勘關上門，門鈴再響。

她眨巴著眼沒開門，想了想，再次從門板的小孔望出去！

很像是剛剛那位女生，還是俯垂著頭，頭髮參差不齊、又蓋住她臉顏，穿著的衣服，濕漉漉又皺巴巴，讓人看了很不舒服。

「我說，這位同學，妳弄錯寢室了，這間不是妳的房間，拜託，不要再按門鈴了，不然，我要向舍監告發妳！」

周秀錦也不開門，就在門後大聲說。

她說完後，由小孔內看到這位女生抬起頭，很慢、很慢，它臉孔慘白中透著青黯，眼露凶光，直直地望向小孔洞……瞬間，她嘴角、鼻孔緩緩流下濃黑色血水。

周秀錦張著嘴，差點叫出來，忙惶急掩住嘴，再也不敢出聲，虛脫似癱倒在門邊，腦中忽想到，它就在門外，咫尺之隔而已。

所以，她顫抖的往後爬，爬不到幾步，就整個暈倒在地。

☠

葉姍和馮麗貞到學生醫務處探視周秀錦，她已經恢復正常，問起她的病情，醫生說：

「她身體原本就虛弱，受到刺激或過度飢餓，都會導致暫時性暈厥。」

接著，三個人往女生宿舍回來的路上，葉姍懊惱的自責，說都是她太晚送晚餐回來，才讓周秀錦昏倒。

馮麗貞轉向周秀錦，說：

「剛才醫生說過，不能過度飢餓。要知道自己身體狀況，以後不要誤了用餐時間。」

周秀錦點頭，臉色還是蒼白著。

「還是妳遇到什麼狀況，受到刺激？」

周秀錦想了想，搖頭：「沒有呀……」

「我昨晚帶晚餐回來時，妳門沒關呢，是不是妳有出去？還是有人來？」

認真想了一下，周秀錦歪偏著頭，說：

「沒有呀。我……不記得有出去，也沒有人來。」

這件事，就這樣不了了之。人吃五穀，誰不會生病呢，反正周秀錦人平安就好了。

這天晚上，馮麗貞在圖書館寫報告，回到寢室時已晚了。等輪到她洗澡時，已經快十一點了。

正當她洗到一半時，忽聽到一陣喁喁低語，聲音似遠又近，想聽清楚時，聲音沒了；不想理它，聲音又傳來。

馮麗貞沖完澡，擦拭著身體時，聽到低低的哭泣聲。

「誰啦？幹嘛哭啊？」她忍不住說道。

咦！她一出聲，哭泣聲嘎然而止。

一邊穿衣一邊收拾著洗浴用具，她還豎起耳朵傾聽著，不一會兒踏出浴室時，就沒再聽到什麼。

回到寢室，葉姍還沒睡，馮麗貞哼了一聲，說：

「耶，這間浴室很奇怪，好像有回音。」

葉姍笑了：「什麼回音？」

馮麗貞說出方才聽到的……睡下鋪的周秀錦原本側身躺著欲入睡，忽然轉過身聽馮麗貞說話。

等馮麗貞說完，葉姍問道：「妳沒找出聲音來源？」

馮麗貞搖頭：「哪聽得出來？」

「會不會是浴室隔壁那間寢室的同學說話的聲音？」

「啊，有可能喔！」馮麗貞忽然想到說：「這聲音不遠又不近，唉！管他的，睡了，好累。」

熄燈後，周秀錦反倒輾轉難眠，睜大一雙眼睛，眼睛在暗黑著閃閃發光。有點害怕吶，可是怕什麼呢？她又記不起來，依稀記得……好像有遇到過什麼事，然後讓她很害怕。好像是隔著什麼東西，她不敢打開，但那到底是什麼呢？

腦海中浮起剛剛馮麗貞說過的：聲音？嗎嗎低語聲？

周秀錦輕輕搖頭，否定了。

哭泣聲音？好像也不是！

那，到底是什麼？讓她害怕？為什麼想不起來？

轉個身，她望了一眼關著的寢室門，還是沒有任何印象。

耳中聽到其他女生的打呼聲，周秀錦又轉個身面向牆壁，腦波傳導給她一個訊息：睡了！

她輕輕闔上眼。

☠

最近，周秀錦總是感到渾身乏力，到藥局買藥吃了也不見改善，尤其是回到宿舍後，感覺更甚。

今天是周末，沒課的同學或約會或回家，寢室只剩她一個人。

她整天坐在書桌前整理講義，把重點計入筆記本內，待告一段落時，天已經黑了，她闔上筆記本，伸個懶腰，想出去買晚餐。

這時，門鈴聲響了。

她不經意地去開門，一位陌生女生站在門外，低著頭。

「妳哪位？找誰？」

女生低聲咕噥著一邊走進來，周秀錦訝異的追在她身後：

「沒有人啦，大家都不在，只剩我一個。」

女生逕自走到書桌前，往下眺望著窗口。既然都進來了，又是女生，周秀錦沒有預防之心，順手把房門帶上，轉過身，好意問：

「要喝杯水嗎？」

女生不置可否，轉回頭，隨意坐到葉姍的椅子上，周秀錦倒杯水遞給她，坐到自己床鋪上。

「這裡住的好嗎？還習慣吧？」

被她這麼問，周秀錦不知道該怎麼回答。

「我姓朱，朱巧倩。前幾屆的藝術系，若非遇到突然事件，我早就畢業了。」

「原來是朱學姐，那妳原先住這間寢室嗎？」

朱巧倩點頭，周秀錦明白了，原來每個人都有戀舊之心。

「所以學姐趁周末大家不在，回來懷念故居？」

朱巧倩點頭，流露出緬懷，嘆口氣：

「嗯，這間寢室讓我回想起以前跟我男朋友的點點滴滴。」朱巧倩轉頭看一眼窗外：

「這裡是男生禁地，被阻擋在外，他都繞到這邊窗口下面跟我打暗號，我再下去。」

「是喔？好浪漫啊。學姐男友是誰？也是就讀本校嗎？」

朱巧倩點頭，接口：

「沒錯，他很帥，很有人緣。羅明軒，就是他的名字。」

「哇！學姐太幸福了。」忽然，周秀錦肚子發出「咕嚕」聲，她看一眼手錶：

「啊！晚餐時間到了，學姊用餐了沒？」

朱巧倩搖頭，起身道：「我該走了。」

「學姐，跟我一起去吃晚餐吧？」

朱巧倩走向房門，再度搖頭，聲音帶著哽咽：

「我沒辦法離開這裡，妳趕快去吃吧。」

兩句話功夫，朱巧倩已走到房門，周秀錦看的分明，她尚未到達門口，而房門卻自動打開，然後她飄了出去。

這時，周秀錦宛如夢中乍醒，整個人頓然一顫，腦海清醒過來。

她迅速趕前一步，伸頭外探，整個走道暗幽幽、冷悽悽，她皺起眉心，忽然一陣寒風襲來，她更清醒了，同時也更感到不對勁！

剛剛是作夢嗎？她細細回想，朱巧倩的頭髮以及開門時低著頭的樣子……很熟，

好像在哪看到過……往後退回，掩上房門，她猛然想起。

對！之前就是有人敲門，那時也是她單獨一個人。

對！外面站了個女生，就是低著頭，頭髮參差不齊又蓋住她臉顏。

啊！周秀錦全都記起來了

當時她露著凶光的眼角，有一顆細小的痣。還有她嘴角、鼻孔流下濃黑色血水！

周秀錦身軀顫抖地倒退，腳下踉蹌著歪坐到床鋪時，又想到……不！不可能！她是人，有名字的學姐吶！她，不是鬼。

轉眼，周秀錦看到葉姍座位上，一攤水漬，那是剛剛朱巧倩坐過的，如果是鬼，哪可能留下痕跡，所以她一定是人！是人！

周秀錦思緒一轉，最簡單的方法就是去問教務處，查出她的名字。

「喂！妳說說看，有這麼笨的人嗎？」馮麗貞大笑著說。

「誰呀？」葉姍趴在書桌上寫報告，隨口問。

「不是誰，是我們熟悉的人！」

葉姍停筆，轉過身，眼底充滿好奇的看著馮麗貞，馮麗貞笑著，伸手指著周秀錦床鋪。

「誰，周秀錦？她怎了？」

「宿舍費都繳了，居然在外面另找房子，趕場似的搬出去了。」

「為什麼？」葉姍看一眼搬空了的床鋪：「我還以為她請假回家，幾時搬的？」

「今天一大早。」

「嫌我們嗎？還是有誰惹到她了？」

坐在上鋪的郭芳儀很快接口：

「那個絕對不會是我，妳們也知道，我很少待在寢室內。」

沒錯，每次她回寢室，幾乎就是睡覺，連讀書、做功課也都在外面。

馮麗貞啪一聲，仰躺在周秀僅的床鋪上，伸展開四肢：

「也好，這樣我們更寬闊嘍。」

「只是這樣一聲不響就搬走，真是令人無言。」說著，葉姍打開周秀錦書桌，可不是，裡面都清空了。

「可是，有一點很奇怪，我發現最近沒有人搶浴室和廁所。」郭芳儀說。

「對！沒錯，我也發覺到這一點，問過前面寢室同學，她說為了方便，她們都到二樓使用浴室和廁所。」

葉姍眨眨眼，她向來神經大條沒注意許多，接口：

「所以，我現在去使用，沒有人跟我搶？也不用排隊？」

既然如此，她馬上放下筆，準備去洗澡。

洗到一半，猛傳來一聲「碰！」

這聲音，很像是人體跌倒在地所發出撞擊的聲響。

葉姍嚇一跳，停止手中動作，凝神細聽……似遠若近的謾罵聲，響了足足有幾分鐘，接著是一縷細細的低泣聲傳來，好像哭得很傷心。

葉姍覺得奇怪，這麼晚了誰在吵架還吵到哭了？是隔壁的廁所嗎？

洗完澡，穿好衣服，葉姍到隔壁廁所查看、敲門，居然都沒有人。

這時，她又聽到哭泣聲，一聲比一聲淒厲。

既然不是廁所，那應該是浴室嘍？她迅速回到浴室。聲音沒了，當然，裡面也沒有人。

第十帖 浴室怨靈

那，是隔壁的寢室嗎？有點雞婆的葉姍，攜著臉盆到隔壁寢室，按下門鈴。

好一會兒，同學穿著睡衣出現，葉姍問有人吵架？有人哭泣？有人摔倒？

同學一一搖頭否認，說她沒聽到。

滿頭霧水的葉珊，回到自己寢室，跟馮麗貞、郭芳儀談起方才事件，只有馮麗貞說，她曾聽到過哭泣聲。

「唉唷！不稀奇，搞不好是哪位女生跟男友吵架，心情不好吧。」

沒錯，有可能，說完大家就各自準備就寢了。

睡到一半，正當朦朦朧朧之際，葉姍感到有一股寒氣吹向她臉。睜眼一看，一張醜陋、猙獰的鬼臉，慘白中透著青黯，眼角有一顆痣，露著凶光鬼眼，直直對上了葉姍。

這個女鬼浮在葉珊面前，懸空趴俯在她上方。然後，在下個瞬間，女鬼的嘴角、鼻孔緩緩流下濃黑色血水，狀似要滴到葉珊臉上。

過度驚駭，使呆愣著的葉珊醒過來似，發出驚天尖叫聲。

☠

事實上，三樓宿舍內的同學們，有些人感到浴室和廁所有怪異，但也有人是無感的。

神經大條的葉珊，其實並不是很害怕，也沒想到許多。後來她注意到，白天上廁所或洗浴都還好，只是每過了晚上九點後，她到廁所或浴室回到寢室後，當晚她就會被女鬼壓床，也不是壓床，而是女鬼都凌空在她上面跟她對上眼。

於是，在一個空檔時間，她去校外找周秀錦。

周秀錦是租的套房，非常舒適，包含廁浴，當然租金較貴。

談話間，葉珊問起她突然搬走的原因。

起先，周秀錦吞吞吐吐不肯說，葉姍用話激她：

「妳不肯說我也知道。因為，我遇到過妳遇到的，也是女鬼吧？」

周秀錦聽了臉色都變了。

接著，她說出在一個週末，大家都回家不在寢室時，一名學姐來找她的細節。

「這樣說來，是學姐？不是鬼？」

「妳聽我說。」

接著，周秀錦說出，感到學姐有點奇怪，次日她馬上去教務處查，原來真有朱巧倩這個人，但是她已經在三年多前死了！

葉姍臉都綠了。

「我費了很大功夫才探聽出來，不知道為什麼，知道的人都不太肯說，我想可能是學校有明令不許亂講。」

葉姍點頭，緩緩問到：

「這位學姐是怎麼死的？死在……哪裡？」

周秀錦搖頭，因為沒有人肯說，她探聽到的，說她自殺。接著她又說出本要約她一塊出去晚餐，哪知道她居然說，她不能離開這裡。

「我聽我媽那一輩老人家說過，大凡枉死鬼，通常都會徘徊在自殺的地方，無法超生。」

「自殺？那一定有原因了，知道嗎？」

「我聽說是跟她男朋友吵架，因為她男朋友要分手。」

「哦？這樣呀？很普通的劇情嘛。」葉姍淡笑道。

「啊！對了，我聽到她說，她男朋友很帥、很有人緣，大概是帥哥一枚。難怪……」

說著，周秀錦搖搖頭：「女生就是這麼傻。」

「知道她男朋友讀哪個學校？」

「說了好笑，她男朋友來找她時，都在我們寢室窗下向她做暗號，她才下樓。」

「那……難道……」葉姍心口縮皺一下下：「她死在我們的寢室內？」

兩人短暫沉默著，周秀錦搖頭：

「不知道。」

「妳很壞耶，知道這些也不跟我們大家說，一聲不響地搬走。」

「我怕妳們會害怕。」

舒了口氣，葉珊又問道：

「她男朋友既然是我們校內的，知道是誰？還是已經畢業了？」

「不知道，她說羅明軒，是她男朋友的名字。」

葉姍差點閉氣，她漂亮臉蛋倏然蠟白：「妳……再說一次，他名字是？」

「羅明軒！」

失魂落魄回到宿舍，葉姍整個人都空泛了，好像神識飛離了身軀，既沒有意識，也沒有思考能力。

回到寢室，呆呆地坐在書桌前一會，她起身盯住椅子好一會兒，想起周秀錦說過：

她走後，我看到一攤水在妳的椅子上。

為什麼要坐在她的椅子上，這時候可以理解了！

葉姍乏累的躺在床鋪上，整個天地都旋轉起來，最後她閉上眼。

☠

女生宿舍的窗外是一片草地，在過去是一排老榕樹，老榕樹下砌了一張石桌、四張石椅，坐在老榕樹下的石椅這邊，可以清楚看到女生宿舍的窗口。

今晚是周末，宿舍內大都是空的，所以窗口一半以上是暗的，沒有開燈。

第十帖
浴室怨靈

葉姍滿臉凝重，一直低垂著眼眸。

「怎麼都不說話？」

葉姍抬起眼眸，坐在對面羅明軒晶亮的雙眼，在暗夜下灼然閃爍著，他的臉龐讓暗夜襯托的更白皙俊朗。

「我可以問你一件事嗎？」

羅明軒露出白燦燦牙齒：

「十件也可以，我們之間沒有祕密。」

「就是你以前……」

唉，真的很難說出口，葉姍擰緊一彎秀眉，引的羅明軒看了很不忍，在他幾次鼓勵之下，葉姍終於開口：

「嗯，我想知道，關於……朱巧倩的事。」

羅明軒剎那間楞怔住，見他這樣，葉姍有了最壞打算：

「不管你跟她之間怎樣我都無所謂，聽說之前，她是你的女朋友？」

「妳從哪聽來的？誰告訴妳她是我女朋友？」羅明軒一副氣急敗壞的。

「這個不重要。」葉珊淡然看他，但心口抽了一下：「我還聽說，她為了你自殺？」

羅明軒一張俊臉脹的紅通通，兩道劍眉都擠在一起。

「我……並不想挖你的祕密，只是朱巧倩的鬼魂找上我，所以我不得不搞清楚是怎回事。」

羅明軒驚訝得雙眼眨閃出光芒，俊臉現出不可思議表情。過了好一會兒，努力把氣息調勻了，才輕輕道出前事……

其實他對她並沒有特別的感覺，是她一味積極的來找羅明軒，她總有許多藉口，搞得羅明軒很煩又無奈。

一般說來，男生很難拒絕女生的要求，他不好意思讓她太難看，但是朱巧倩反而愈來愈頻繁的來找他，還送他許多東西，像手錶、領帶、袖扣之類的。

羅明軒一再表明他不需要這些物品，不適合也不喜歡。

朱巧倩似乎聽不懂他的意思，還是一味我行我素。

最後，他向她下通牒，同時也逐漸疏遠她。

說到這裡，羅明軒頓了頓，葉姍轉望宿舍下方的草圃，悠然說：

「我還聽說，你在窗口下面打暗號，她才出來見你？」

「呃！那是唯一的一次，我來見她，退還她送我的禮物。」羅明軒低低的接口：「之後，我就沒跟她見過面，不久，就聽到學校發出有關她的消息。」

葉姍抬眼望向自己寢室窗口，黑濛的窗口，彷彿可以感覺到朱巧倩就站立在窗邊。

「你說的是真的？搞不好，她就站在窗口，聽你說的話？」

羅明軒加強語氣說：

「我說的全是真話，我仰不愧於天，俯不怍於人。當然不怕她聽到。只是想不到她會自殺，我並不希望她這樣。」說到這裡，他嘆了口氣。

「嗯！她不明白感情的事不可勉強。」葉姍輕聲說。

「那陣子我也很自責，好恨我自己為什麼不會處理事情，搞的……唉！」

「算了，都過去了。」葉姍只好這樣安慰他。

確實，感情的事是無法強求的啊！為了感情，竟然走上絕路，難道都不顧及到父母、家人嗎？真是太傻也太不應該了！

☠

周圍一陣暗黑、煙霧朦朧間，前面蹲了個人，人影很陌生，葉姍可以確定不是她認識的人，絕不是！

可是為什麼阻擋在她面前？她已經轉了好幾個彎，繞了許多路都一樣，往前走了一段，方才那個人影總是蹲在她面前。

葉姍停住腳，揚聲問：

「小姐，妳可以讓一下路嗎？」

「妳——要——去——哪？」人影拖長聲音反問。

葉姍四下張望一會……這時想起她要去哪？不知道耶，這又是哪裡啊？

人影好像知道葉姍的心中所想，開口說：

「我在另一個空間！」

「什、什麼空間？」

這時，人影站起來，轉向葉姍。

是個臉孔陌生的女孩，臉色慘白中透著青黯，眼角有一顆痣，雙眼露出凶光。

葉姍倒退一步，她看來有點熟，卻忘記在哪看到過她？

「妳……我認識妳嗎？」

「呼……朱巧倩。」

唉唷！這名字更熟了，但，她到底是誰呀？

「我痛……在那個地方，我徘徊了很久，今天才知道我白白浪費時光，我以為我走了可以得到他的心。」

「誰？我能幫妳什麼忙嗎？」葉姍好心問道。

「妳……幫我離開那個地方，就可以了。」朱巧倩轉過身，緩緩向前飄。

「哪個地方？我該怎麼做？」

說著，葉姍追上前……伸手搭上朱巧倩肩膀，意欲把她板回身，哪知，手卻抓了個空，同時朱巧倩回頭，赫！是一張七孔流血水的猙獰鬼臉……

第十帖

浴室怨靈

「啊——」狂叫聲中，葉姍渾身冒冷汗驚醒過來。
原來是做夢！
「要嚇死我啦！做惡夢了？」還在K書的馮麗貞吃了一驚。
「對不起，我做了個怪夢。」
簡單說著，葉姍跌入深深的憶想裡……夢中的人，自稱朱巧倩，眼角有一顆痣，沒錯！她已經騷擾她好多次了！夢中跟她說過的話，一在縈繞著葉姍腦海中，難道她聽到了羅明軒的話？
她……看破了跟羅明軒的感情不能強求，是不是？
另外，她有求於她，是不是？
但是，卻沒說清楚到底要她做甚麼呢？葉姍也自問能幫她什麼忙？
唉！真是困擾，不然明天去找羅明軒，也許他可以解讀夢境吧！
想到這裡，葉姍放下心中的巨石，同時嘴角露出甜甜笑意。
看一眼手錶，已經十點多了，睡上鋪的郭芳儀早入睡，發出均匀呼吸聲，還在K書的馮麗貞站起身，伸展著雙臂。
「好累！我要睡了。」
葉姍起身下床，拿起臉盆、毛巾，想洗掉全身汗漬。
每間寢室都關上門，同學們都睡覺或讀書或做自己的事，整條通道安靜得像沒有人的曠野。

葉姍踏入浴室的剎那間，忽感到一陣天旋地轉，她忙扶住牆壁，好一會兒她才放手。

「怎會這樣呀？是睡眠不足嗎？隨便沖沖，趕快回去睡覺吧。」葉姍自我安慰的說。

就在這時，浴室內傳出嘩啦啦水聲，她驚訝的立定住，動彈不得。

方才，裡面明明是空的沒有人，這會怎麼？

「誰？是誰在裡面嗎？」壯起膽，葉姍揚聲問道。

「嗦……嗦……嗦……」

這水聲，很像是浴室內，頂上的沖水器發出來的聲響。

之前葉姍檢查過，頂上的沖水器已經生鏽了，平常很少人會使用頂上的沖水器，她曾向舍監說過，舍監說會找人來修理，難道已經修好了？

就在葉姍轉了幾個念頭之際，水聲漸漸消失，一切又變得異常安靜，好像裡面沒有人。

這情形很詭異喔！深吸口氣，葉姍拍拍胸口，打開浴室的門，唔哇？裡面的地上是乾的！

她再次愣住發呆，還忍不住仰頭，望向頂上的沖水器，也是乾的，看不出來方才有使用過的跡象。

有一股力量，驅使著葉姍。她毫無意識的墊高雙腳跟、伸手摸摸頂上沖水器，順著沖水器幅度往下……在沖水器和水管接逢處，有一道隙縫，隙縫中露出一截紅色絲線。

葉姍不自覺用力拉出絲線，是一包包裹得又緊又扁的鮮紅色塑膠袋，她把塑膠袋拆開，共有三層，最裡面是七根長頭髮！

事後舍監才說出，原來，葉姍跟朱巧倩住同間寢室，同張床鋪。

朱巧倩是在浴室吞下砒霜自殺，難怪她會想念之前住過的寢室，自殺之前，她把自己的長髮剪了七根，還包了三層塑膠袋，以免潮濕了。

七根頭髮，加上鮮紅色塑膠袋，置放在她死處，她想繼續流連在凡間，想持續連繫她捨不得放棄的愛情。

可能是那晚，羅明軒跟葉珊說的那番話讓她明白，羅明軒對她毫無愛意，即使是一滴、一絲都沒有，拿掉附帶怨念的頭髮，也許她就解脫了感情的束縛吧。

—— End ——

永續圖書線上購物網　讀品文化事業有限公司

WWW.foreverbooks.com.tw　yungjiuh@ms45.hinet.net

鬼物語系列 19

見鬼之校園鬼話 3

作　　者　汎遇
出 版 社　讀品文化事業有限公司
執行編輯　張麗美
封面設計　林鈺恆
內文排版　姚恩涵

總 經 銷　永續圖書有限公司
TEL／(02)86473663
FAX／(02)86473660
劃撥帳號　18669219
地　　址　22103 新北市汐止區大同路三段 194 號 9 樓之 1
TEL／(02)86473663
FAX／(02)86473660
出 版 日　2018年05月

法律顧問　方圓法律事務所　涂成樞律師
CVS代理　美璟文化有限公司
TEL／(02)27239968
FAX／(02)27239668

國家圖書館出版品預行編目資料

見鬼之校園鬼話. 3 / 汎遇著. -- 初版.
-- 新北市 : 讀品文化, 民107.05
面 ;　公分. -- (鬼物語 ; 19)
ISBN 978-986-453-074-8(平裝)

857.63　107005132

▶ 見鬼之校園鬼話 3 （讀品讀者回函卡）

■ 謝謝您購買本書，請詳細填寫本卡各欄後寄回，我們每月將抽選一百名回函讀者寄出精美禮物，並享有生日當月購書優惠！
想知道更多更即時的消息，請搜尋"永續圖書粉絲團"

■ 您也可以使用傳真或是掃描圖檔寄回公司信箱，謝謝。
傳真電話：（02）8647-3660　信箱：yungjiuh@ms45.hinet.net

◆ 姓名：　□男 □女　□單身 □已婚

◆ 生日：　□非會員　□已是會員

◆ E-Mail：　電話：（ ）

◆ 地址：

◆ 學歷：□高中及以下 □專科或大學 □研究所以上 □其他

◆ 職業：□學生 □資訊 □製造 □行銷 □服務 □金融
□傳播 □公教 □軍警 □自由 □家管 □其他

◆ 閱讀嗜好：□兩性 □心理 □勵志 □傳記 □文學 □健康
□財經 □企管 □行銷 □休閒 □小說 □其他

◆ 您平均一年購書：□ 5本以下 □ 6～10本 □ 11～20
□ 21～30本以下 □ 30本以上

◆ 購買此書的金額：

◆ 購自：　市(縣)
□連鎖書店 □一般書局 □量販店 □超商 □書展
□郵購 □網路訂購 □其他

◆ 您購買此書的原因：□書名 □作者 □內容 □封面
□版面設計 □其他

◆ 建議改進：□內容 □封面 □版面設計 □其他

您的建議：

剪下後傳真、掃描或寄回至「22103新北市汐止區大同路三段194號9樓之1讀品文化收」

廣 告 回 信
基隆郵局登記證
基隆廣字第 55 號

221-03

新北市汐止區大同路三段 194 號 9 樓之 1

讀品文化事業有限公司　收

電話/(02)8647-3663 傳真/(02)8647-3660

劃撥帳號/18669219 永續圖書有限公司

請沿此虛線對折免貼郵票或以傳真、掃描方式寄回本公司，謝謝！

讀好書品嘗人生的美味

見鬼之校園鬼話 3